SF SHORT STORY MASTERPIECE SELECTION

SFショートストーリー
傑作《けっさく》セレクション

ロボット篇《へん》

[幽霊《ゆうれい》ロボット／ヴォミーサ]

日下三蔵《くさかさんぞう》編《へん》
旭《あさひ》ハジメ絵《え》

目次

花とひみつ　星《ほし》新《しん》一《いち》　005

お紺《こん》昇《しょう》天《てん》　筒《つつ》井《い》康《やす》隆《たか》　013

幽《ゆう》霊《れい》ロボット　矢《や》野《の》徹《てつ》　041

ロボットは泣かない　平《ひら》井《い》和《かず》正《まさ》　063

ヴォミーサ　小《こ》松《まつ》左《さ》京《きょう》　107

▼編者解説　176

▼著者プロフィール　191

▼底本一覧　195

花とひみつ

星《ほし》新《しん》一《いち》

ハナコちゃんは、花が大好きだった。女の子はだれでも花が好きだが、ハナコちゃんは、とくに花が好きだったのだ。キクやチューリップのような草花も、サクラやツバキのように木に咲《さ》く花も好きだった。いつも世界じゅうが花でいっぱいになるといいな、と思っていた。

天気のいい、ある日のこと、ハナコちゃんは野原にでかけた。花を写生するためだった。いろいろな草花の絵を紙にかきながら、ふと、こんなことを考えた。

モグラをならすことができたら、きっと、おもしろいだろうな。モグラたちに地面の下を動きまわらせて、草や木のせわをさせるのよ。草や木はよろこんで、きれいな花を、たくさん咲《さ》かせてくれるでしょう。

ハナコちゃんは、その思いつきを、じぶんの絵にかきくわえた。

そのとき、風が吹《ふ》いてきて、せっかくのその絵を飛ばしてしまった。

「あら、大変だわ」

ハナコちゃんは、あわてて追いかけた。だけど、手がとどかない。みるみるうちに、絵は風にのって、高く高くあがってしまった。糸の切れたタコのように。

もう、あきらめなければならなかった。

絵は雲のうえで、お日さまの光をあびながら、たのしくおどりつづけた。そして、流れつづけていった。通りがかった渡《わた》り鳥《どり》たちが、

「なんだろう」

と、近よってきて、ながめたこともあった。そのうち、風のないところにきて、絵はゆっくりと落ちはじめた。下は青い海。絵は波にのまれ、海にしずんでしまうのだろうか。

しかし、カモメがそれを見つけた。そのカモメは白い紙を、けがをしたなかまかと思ったのだ。海に落ちるすこしまえに、口にくわえ、空へと運びあげた。

「なあんだ。ただの紙きれじゃないか。飛行機がすてたのかな」

カモメは絵をはなした。また、ひらひらと落ちてゆく。しかし、こんどは海ではなかった。

小さな島があった。人が住んでいる、そこには建物がいくつもあった。ある国が作った、ひみつの研究所だったのだ。このような場所でなら、ほかの国に知られることなく、どんな研究でもできる。

空から落ちてきた絵は、その窓《まど》のひとつに、飛びこんでいった。

へやに入ってきた研究所長は、机《つくえ》の上にのっている絵に気がついた。そして、本国から送られてきた、命令書と思いこんでしまった。所長は、部下のひとりを呼《よ》んで相談した。

「本国から、こんな図面がとどいた。草や木のせわをする、モグラの絵がかいてある。こんなものを、なんのために、作らなければならないのだろう」

もちろん、その部下にも、わかるはずがない。

「それは、きっと、なにかわけがあるからでしょう」

「あまりにも、みょうな計画だ。くわしく、といあわせてみるとしようか」

「よしたほうがいいと思います。まえにも、なにかをといあわせて、おこられたことがありました。研究所は、研究して作りあげさえすればいいのだ、と。本国からの命令には、そのまま従《したが》ったほうがいいでしょう」

所長は、研究所の学者たちを集めて言った。

「本国からの命令だが、モグラを訓練し、仕事をさせるまでにするのは、大変なことだ。モグラは、犬や馬のように利口《りこう》な動物ではない」

所長は困《こま》った顔をした。そのとき、ひとりの学者が言った。

「いい考えがあります。それと同じ働きをする、ロボットのモグラを作ったらどうでしょう」

「うむ。そのほうが、簡単《かんたん》かもしれない。それにきめよう」

島の研究所は、ロボットのモグラを作るのに全力をあげた。まず、いろいろな設計《せっけい》図《ず》がかかれ、いちばんいい形がきめられた。そとがわのおおいは、決してさびない、銀色をした金属《きんぞく》。なかには、高性能《こうせいのう》のモーターが入れられた。強力な電源《でんげん》で、いつまでも動きつづける。なにもかも自動的にはたらくのだ。

大きなウエキバチのなかで、その実験がおこなわれた。ロボットのモグラは、地面のなかにもぐり、動きまわった。こえた土をよそから運んできて、根のまわりのとおきかえる。また、水分がたりないと、水の多いところから持ってくる。草や木の育ちやすいようにつくすのだ。

地面に落ちたよぶんなタネは、からだのなかにしまい、べつな場所にまいてくれる。やくにたたない雑草《ざっそう》をみわけ、その根をかんで枯《か》らせてしまう。

「よし、成功だ」

「ばんざい」

みなは大よろこびだった。

研究が完成したというしらせで、飛行機にのって、本国から大臣がやってきた。

そして、

「早く見せてくれ」

と言った。研究所長はロボットのモグラを出し、とくいそうに答えた。

「はい、この通りです。本物のモグラを訓練しても、こううまくは動きません。とりあえず、五百匹《ぴき》ほど作りました」

それを見て、大臣はびっくりした。

「ロボットのモグラだと。だれがこんなものを作れと言ったか」

「はい、命令の図面にございました」

「そんな命令は出さなかった。たいせつな研究所で、こんなくだらないものを作るとは。おまえたちは、なんというばかなやつだ。仕事をまかせておくわけにいかない。みな、くびだ」

ほめられるどころか、島の研究所は、とりこわしになってしまった。人びともいなくなってしまったが、残された五百匹《ぴき》のロボットのモグラたちは、島の地面の下ではたらきつづけた。

まもなく、島は花でいっぱいになってしまった。しかし、人間とちがって、ロボットのモグラは休むことを知らない。それぞれ、陸をめざして移《うつ》っていった。

ロボットのモグラは泳ぐことができない。海の底の地面の下を通っていったのだ。だから、海の魚たちは、少しも気がつかなかったにちがいない。

それからずっと、ロボットのモグラたちは、どこかで、あたえられた仕事をやりつづけているのだ。しかし、私《わたし》たちの目にふれることはない。それに、世界じゅうに五百匹《ぴき》では、あまりめだたない数なのだ。

ハナコちゃんは、ある時、お庭のすみで咲《さ》いていた花をみつけて、驚《おどろ》いてしまった。

「タネもまかないのに、どうして草花があらわれたのかしら。ふしぎねえ」

もしかしたら、それはロボットのモグラのやったことだったかもしれない。

また、みなさんのなかにも、枯《か》れかかっていた花が、急に元気をとりもどすのを見たりして、ふしぎに思ったことのある人はいないだろうか。

お紺《こん》昇《しょう》天《てん》
筒《つつ》井《い》康《やす》隆《たか》

新製品《しんせいひん》『翻訳《ほんやく》タイプ』の広告文案を、その翻訳《ほんやく》タイプで九カ国語にコピーした。

それで一日の仕事は終りだ。

発送を卓上《たくじょう》のトランジスタ秘書《ひしょ》に命じて私《わたし》は事務所《じむしょ》を出、反重力シャフトで三百二十三階を一気に下降《かこう》する。

赤、グリーン、黄、ブルー、紫《むらさき》、色とりどりの車がビルの前に並《なら》んでいる。お紺《こん》はダークグリーンのヘリ・カーと、純白《じゅんぱく》の高級大型車にはさまれて、窮屈《きゅうくつ》そうだった。

彼女《かのじょ》は一人乗りの最小型車だ。コバルトブルーだからお紺《こん》という。

手をあげると、彼女《かのじょ》は車の群《むれ》を離《はな》れて、すっと歩道ぎわに寄《よ》り、音もなくドアを開いた。

シートに乗りこみながら、私《わたし》はいった。

「やあ、ご苦労さん」

「お疲《つか》れね。今日は少し暑いからシートを冷やしといたわ」

「なるほど……やあ、こいつはいいや」

ゆっくりスタートしながら、彼女《かのじょ》はさりげない調子で訊《たず》ねる。

「これから、ご予定は？」

「どうするかな。やっぱり、ちょっと『核触媒《かくしょくばい》』へ寄《よ》って行こう」

『核触媒《かくしょくばい》』は私《わたし》の行きつけのバーである。

「あら、じゃあ、お仕事、うまく片《かた》づいたのね？」

「そう、万事《ばんじ》OKだ」

お紺《こん》は『核触媒《かくしょくばい》』のある通りへ折れ、次第《しだい》にスピードをあげる。

「やっぱり例の、新製品《しんせいひん》のお仕事でしたの？」

「うん」

「評判《ひょうばん》よかったらしいわね。立体テレビ中継《ちゅうけい》の発表会では」

「あいつは売れるぜ。社長も自信満々だ」

お紺《こん》はもの憶《おぼ》えがいいから、私《わたし》が忘《わす》れてしまったようなことでも、ちゃんと知っている。私《わたし》が同じことを二度喋《しゃべ》ってもはじめて聞いたようにちゃんとあいづちをうってくれるし、また、いったん私《わたし》の仕事の話になると、私《わたし》以上に熱心なのじゃないかと思うほど、深くつっこんできたりする。

最上《さいじょう》の話し相手だ。

「君といっしょに飲めないのは、残念だな」

これはもう、何度も彼女《かのじょ》にいったせりふだ。お紺《こん》はクスクス笑う。

「だって車はバーへ入れないわ」

「でも、ロボットは入ってる」

「あれは便宜上《べんぎじょう》よ。そりゃ私《わたし》だって、人工頭脳《じんこうずのう》があるんだから、ロボットの一種でしょうけど、ヒューマノイドじゃないもの」

「いっとくけど、僕《ぼく》にとって、君はすでにロボットなんかじゃない。君はもう僕《ぼく》の友人だ。君は、僕《ぼく》にとっては、人間以上に人間らしい。親友だよ」

「あら、またお世辞《せじ》ね」

「そうじゃないさ。じっさい、人間の女なんてものは、君と違《ちが》って……」

「もう、およしなさい。奥《おく》さんにいいつけるわよ」

「それで僕《ぼく》をおどかしてるつもりかい？　君はちょいちょいそんなことをいうけど、絶対《ぜったい》にいいやしないよ。君はそんな女《ひと》じゃない」

「また、女《ひと》だなんて……」

私《わたし》はちょっと黙《だま》った。これ以上いうと彼女《かのじょ》は怒《おこ》る。——いや、怒《おこ》ったふりをして見せる。

『核触媒《かくしょくばい》』の少し手前で、彼女《かのじょ》は歩道ぎわにより、珍《めずら》しく急停車した。そして、しばらくためらうような様子だったが、やがてドアを開いた。

「ねえ、ターター」ターターは彼女《かのじょ》がつけた、私《わたし》の呼《よ》び名《な》である。「悪いけど、ここで降《お》りて、『核触媒《かくしょくばい》』まで、歩いてくださらない？」

「ああ、いいよ。だけど、君、様子が変だな……。どうかしたの？」

「ええ、ちょっとね……」彼女《かのじょ》はいい澱《よど》んだ。どんな話題にしろ、お紺《こん》が口ごもった なんてことは、はじめてだ。「そして……そしてお帰りの時は、私《わたし》の製造会社《せいぞうがいしゃ》の代理 店から来る臨時《りんじ》の車に乗ってくださいね。電話しときますから。でも……バーに、ど の位いらっしゃるおつもり？」

私《わたし》は不吉《ふきつ》な胸《むな》さわぎがして、あわてて訊《たず》ねた。「おい、お紺《こん》、君、何のつもりだ？」

どこかへ行くんだろうか？　「どこへ行っちまうんだ？」

お紺《こん》は、しばらくためらっているようだった。

「いいたく、なかったんだけど……」

私《わたし》は思わず叫《さけ》んだ。

「おい、何をいいたくなかったんだ！　僕《ぼく》が何か悪いことをしたか？　何か君の気に さわるようなことをいったか？　もし、そうだったら、あやまる。どうしたんだ？ 本当のことをいってくれ！」

「そんなのじゃ、ないのよ」

彼女《かのじょ》の声には元気がなかった。

「じゃあなんだ？　とにかく、ドアを閉《し》めろよ」

彼女《かのじょ》はふたたびドアを閉《し》めた。

「さあ、いってくれ。僕《ぼく》はわけのわからないままに、君と別れたくはないんだ」

「わたし、ご臨終《りんじゅう》なのよ」

わざと軽く、ふざけた調子でいうものだから、私《わたし》はしばらく、その意味がわからなかった。それから、ソファの上でとびあがった。

「何だって？　そんな馬鹿《ばか》な！　君のボディはまだこんなに艶《つや》があってピカピカで、部品もしっかりしてるし、頭脳《ずのう》もたしかだし、どこも悪いとこなんか、ないじゃないか！」

お紺《こん》は悲しそうに答えた。「熱交換装置《ベッチンガー》にガタがきてるのよ」

私《わたし》は少し安心した。「それだけ？」

「そうよ。でも、熱交換装置《ベッチンガー》が悪いと、乗る人の生命の安全率《あんぜんりつ》は低下するわ」

「なんだ」私《わたし》はわざと、軽い調子でいった。「じゃあ、取《と》り替《か》えればいい」

「駄目《だめ》よ！」お紺《こん》はあわてていった。「契約違反《けいやくいはん》になるわ。あなた、私《わたし》を買ったとき、契約書《けいやくしょ》読んだ筈《はず》じゃないの。部品は買えないのよ。古い車が使えなくなったら、必ず新しい車を私《わたし》の製造会社《せいぞうがいしゃ》から買わないといけないのよ。それに車は、少しでも悪い部分があったら、もう、乗っている人の安全性《あんぜんせい》を保証《ほしょう》できなくなるんだから、すぐに人をおろさなきゃいけないの」

「しかし、それは不合理だ。君は、部品を取《と》り替《か》えさえすれば、新車同様の……」

「ターター。わかってよ。駄目《だめ》なのそれは……」お紺《こん》は吐息《といき》と共に、駄々《だだ》っ子《こ》をなだめるように私《わたし》にいった。「新車を買った方が、安くつくのよ。だいいち、持ち主にそんなことをしてもらうと、私《わたし》は違反《いはん》することになるのよ。車の規則《きそく》で……」

「そうとも、君の持ち主は僕《ぼく》だ！」私《わたし》は叫《さけ》んだ。「君はもう君の会社のものじゃない。僕《ぼく》のもんだ。僕《ぼく》が君を買いとったんだ。部品の方が高くつこうが、熱交換装置《ベッチンガー》が何万円しようが、問題じゃない。僕《ぼく》には君が必要なんだ。わかるかい、お紺《こん》、君が必要なんだ」

「だから私《わたし》、いいたくなかったの」彼女《かのじょ》の声は、おろおろしていた。「あなたがそういうだろうと思って、心配だった。でも、そんなことすると、あなたは罰《ばっ》せられるのよ。法に触《ふ》れるのよ。契約違反《けいやくいはん》で」

「くそ、あの会社め……」私《わたし》は呻《うめ》いた。「新車ばかり次から次と作りやがって、あの業《ごう》つくばりめ……」

「でも、私《わたし》もうあなたに買われてから、四年にもなるのよ。オールド・ファッションよ。型が古くなりすぎてるわ。他の人たちは、一年足らずでモダンなものに買《か》い替《か》えてるのに……」

「他の奴《やつ》なんかくそくらえ。新しい車なんかくそくらえ」私《わたし》は彼女《かのじょ》の苦しんでいない様子に腹《はら》を立てた。こんなことが、しごく当然と思っている様子にも腹《はら》を立てた。いくらロボットが人間に奉仕《ほうし》するために作られたものであるとはいえ、これでは、あまりにもひどい。可哀《かわい》そうだ。「君は、もう僕《ぼく》とつきあうのが面倒《めんどう》くさくなったのか？」

「そんなこと、ないわ」

「僕《ぼく》が、もう嫌《きら》いか？」

「どうして、そんなことというの？」泣きそうになって、彼女《かのじょ》はいった。「私《わたし》だってつらいわ」

「だったら、僕《ぼく》から去らないでくれ」私《わたし》は懇願《こんがん》した。「べつに、僕《ぼく》を乗せて走らなくてもいいんだ。ガレージで休んでりゃいいんだ。そうだ、余生《よせい》をゆっくりと休養しろ。僕《ぼく》の話し相手にさえ、なってくれてりゃいい。何年でも、いや何十年でも、ずっと面《めん》倒見《どうみ》てやるからさ。ああ、面倒《めんどう》見てやるよ。面倒《めんどう》見させてくれ」

「奥《おく》さんが怒《おこ》るわ」

「怒《おこ》らせとけ」

「そんな……」

「君はひとつの人格《じんかく》を持っている。個性《こせい》を持っている。ゆたかな感性《かんせい》、それに人間以上の理性《りせい》を持っている。それなのにどうして、会社の利益《りえき》のために抹殺《まっさつ》されなけりゃならないんだ？」

「会社の利益《りえき》じゃないわ。人びと全体の利益《りえき》になるのよ。今の社会機構《しゃかいきこう》を狂《くる》わせるようなことをしちゃ、いけないわ。文明人なら」

「文明人くそくらえ」私《わたし》はまた叫《さけ》んだ。「君みたいな女《ひと》の人格《じんかく》を抹殺《まっさつ》するなんて、そんな残酷《ざんこく》な文明はほろびてしまえ」

「でも、私《わたし》のボディは解体《かいたい》されて、また生まれかわるのよ、新しい車に」

「でも、それは君じゃない」私《わたし》はソファシートの上で身もだえた。「お紺《こん》じゃないんだ」

「そんなに苦しまないで……。お願いよ」

「君を離《はな》すものか」私《わたし》は俯伏《うつぶ》せて、シートにかじりついた。「ぜったい、離《はな》さないぞ」

「ああ」お紺《こん》は嘆息《たんそく》した。「私《わたし》みたいなお古《ふる》の、どこがいいの？　もっと新しくて、ピチピチした大型車がいくらでもあるのに……」

「グラマーは大きらいだ」私《わたし》はいった。「ガランとしていて乗っていても何かしら寒ざむしい」

「私《わたし》なんかより、ずっと頑丈《がんじょう》よ。それに三人以上乗れるわ。ほら、あなたは私《わたし》に、二人以上のお友達が乗せられなくて、困《こま》ったことが、何度かあるじゃないの」

「その宣伝《せんでん》も、会社からの命令か?」私《わたし》はわざと意地悪く訊《たず》ねた。「滅私奉公《めっしほうこう》ってやつだな?」

「いや」彼女《かのじょ》の声は今までにない悲しげなものだった。「そんないい方、しないで」

私《わたし》はしばらく黙《だま》った。彼女《かのじょ》も黙《だま》っていたが車内の空気は少しずつ湿《しめ》っぽくなった。

お紺《こん》は泣いているのだ。

私《わたし》はゆっくりと身体《からだ》を起した。のろのろと煙草《たばこ》を取出すと天井《てんじょう》からお紺《こん》のしなやかなマジック・ハンドがのびてきて火をつけた。

しばらくして、私《わたし》はいった。

「どうしても、行くのか?」

「行かなくちゃ、ならないわ」

「どこへ？」

「もちろん、スクラップ場よ」

「おお……」私《わたし》は額《ひたい》を押《お》さえて呻《うめ》いた。お紺《こん》がスクラップにされる。巨大《きょだい》なクレーンで宙吊《ちゅうづ》りにされ、馬鹿《ばか》でかい万力《まんりき》が両側からガチン、ペシャリ、グシャリ。「そんな残酷《ざんこく》な！　残酷《ざんこく》だ。すごく残酷《ざんこく》だ」

行かないでくれと、もう一度頼《たの》もうとした。だが、頼《たの》んでも無駄《むだ》なことは、わかっていた。それに、お紺《こん》も苦しんでいるのだ。これ以上、彼女《かのじょ》を苦しめたくはない。

「あきらめよう」私《わたし》はかすれた声でいった。ふいに涙《なみだ》があふれた。「だが、ひとつだけ無理をきいてくれ。僕《ぼく》を、そのスクラップ場まで乗せて行ってくれ。このまま別れるなんて、いやだ。せめて、見送らせてくれ」

「人間は行けないのよ」彼女《かのじょ》は悲しそうにいった。「スクラップ場のあるところは、誰《だれ》も知らないの」

「車の墓場《はかば》か……」私《わたし》は呟《つぶや》いた。それからシートにそり返り腕組《うでぐ》みして大声を出した。

「君が何て言おうと、僕《ぼく》は乗って行く！　君の最後を見とどけるんだ。でなきゃ、僕《ぼく》は自分を納得《なっとく》させることができない！　もう何をいっても無駄《むだ》だよ」

「でも、帰りはどうするの？　遠いのよ」

「平気だ。歩いて帰る」

私《わたし》がテコでも動きそうにないとわかったらしく、お紺《こん》はゆっくり吐息《といき》をついた。「しかたがないわね……」

そして、のろのろと走り出した。どうやら墓場《はかば》までつれて行ってくれるらしい。私《わたし》は安心して、手足の力を抜《ぬ》いた。

「熱交換装置《ベッチンガー》が悪いって、いったな」

「そうよ。でも、もう、そんなことは考えないで。どうせ考えるだけ無駄《むだ》よ」

「いやいや、そういう意味で、いったんじゃない」

私《わたし》は突然《とつぜん》、二年前のある出来《でき》ごとを思い出したのだ。

「女房《にょうぼう》の、お産の時のこと、憶《おぼ》えてるか？」

「ええ、憶《おぼ》えてるわ」

「あのとき、僕《ぼく》は事務所《じむしょ》にいた。そしたら、健保《けんぽ》センターからヴィジフォーンで、難《なん》産《ざん》だといってきた」

「そうだったわね。わたし、あなたを乗せて、すごいスピードで健保《けんぽ》センターまで走ったわ。あんなにすごい早さで走ったの、あの時だけよ。雨が降《ふ》っていたわ」

「そうだ。雨が降《ふ》っていた。それも只《ただ》の雨じゃない、大雨だった。あとで聞いたら、農園地区では洪水《こうずい》が起ったという話だった」

「ねえターター、あなたいったい何をいいたいの？」

「君はすごい早さで、水のあふれた道路を走ってくれたな。ところが僕《ぼく》は、もっと早く走れと君に命じた。これ以上走れないのか、のろまといって、君を怒鳴《どな》りつけたな」

「いいのよ」お紺《こん》はクスクスと笑った。「血のかよった人間なら、誰《だれ》だってあんな場合、イライラして怒鳴《どな》るんじゃなくて？」

「健保《けんぽ》センターへのインターチェンジは、地面が低いため、水びたしになっていて、川みたいに水が流れていた。そうそう、その流れの手前で、車が何台も立《た》ち往生《おうじょう》していた。水の中にも、腹《はら》まで浸《ひた》ってしまって、動けなくなった車が、二、三台いたけど、あれはきっと、無理にあそこを渡《わた》ろうとしたからだろうな」

「ねえ、ターター、いったいどうしたの？　今ごろ、あんなに以前のことを思い出したりして」

「何故《なぜ》動けなくなったかというと、水のために熱交換装置《ベッチンガー》が冷えたからだ」私《わたし》はおかまいなしに続けた。全部喋《しゃべ》ってしまわなければ、気がすまなかった。「車体の低い車ほど、熱交換装置《ベッチンガー》が水に濡《ぬ》れやすい。でも、君は小型車のくせに、どんどんその水の中へ入っていった」

「濡《ぬ》れないコツがあるのよ」お紺《こん》は弁解《べんかい》するような口調でいった。「波を立てないようにすればいいの。少しでもしぶきがかかったら、フードが乾《かわ》くまで、ちょっとの間じっとしてればエンコしなくてすむのよ」

「そうだ。あのとき君が、ゆっくりと水の中へ進んで行くのを見てうしろで立《た》ち往《おう》生《じょう》していた大型車たちが、びっくりしていたじゃないか。グレイのライトバンが、横にいるエンジ色のトラックに『おッ！　見ろよ。あの小さいの、行くつもりだぜ』といっていた」

お紺《こん》もクスクス笑った。「そうね。エンジ色のトラックも『うわあ、本当だ。行くじゃねえか』といって、驚《おどろ》いていたわ」

「僕《ぼく》は、水の中を走るコツがあるなんてこと、知らないもんだから、もっと早く走れ、どうしたんだ、ポンコツめ……今から考えると、あのとき、ずいぶんひどいことばかり、わめき散らしたな」

「いいのよ、そんなこと。わたし、気にしてないわ。あらあら、なあに、それをあやまるために、わざわざ昔のことを思い出したの？」

「そうじゃない。結局君は、あのときに熱交換装置《ベッチンガー》を痛《いた》めてしまったんだ。だから君の寿命《じゅみょう》を早めた責任《せきにん》の半分は僕《ぼく》にあるんだ」

「そうじゃないわ！」

「まあ聞けよ。そりゃ君は、僕《ぼく》がどういったところで、そうじゃないというだろうさ。でも普通《ふつう》、車の寿命《じゅみょう》は十年くらいの筈《はず》なんだ。君がたった四年で具合が悪くなった、その原因《げんいん》は、あのとき以外には考えられないし、その責任《せきにん》は僕《ぼく》以外には考えられない……」

「ターター、ご自分を苦しめるのは、およしなさい。今となっては、もう、どうでもいいことじゃないの」

私《わたし》は顔を両手で覆《おお》った。「お紺《こん》、許《ゆる》してくれるか？」

「馬鹿《ばか》ねえ、ターター」

「ひとこと言ってくれ。許《ゆる》すといってくれ。頼《たの》む」

「そんなこと、言えないわ。わたしがあなたを許《ゆる》すんですって？　言えないわ！」

フロントガラスが、お紺《こん》の涙《なみだ》で曇《くも》りはじめた。彼女《かのじょ》はあわててワイパーを使った。

「もう……もうやめて頂戴《ちょうだい》、わたしを泣かせるのは。悪いひと！」

私《わたし》はしばらく黙《だま》った。両手を顔から離《はな》すと、眼《め》の前に、ハンカチをつまんだお紺《こん》のマジック・ハンドがあった。私《わたし》はそれで涙《なみだ》を拭《ぬぐ》った。

「あのとき、エンジ色のトラックが、エンコした君を引っぱってくれたな」

「そうだったわね。でも、あれは私《わたし》、エンコしたんじゃないわ。しぶきがかかったから、それ以上装置《そうち》が冷えないようにわざと停《とま》ってフードを乾《かわ》かしていたのよ」

「じゃあ、あのトラックは君がエンコしたと勘違《かんちが》いしたんだな」

「きっとそうね。わざわざ傍《そば》までやってきて、ぎくしゃくした武骨《ぶこつ》なマジック・ハンドで、バンパーにロープをつないでくれたわ」

「照れたような恰好《かっこう》をしてな」私《わたし》はクスクス笑った。

　お紺《こん》もちょっと笑った。

「看板《かんばん》を積んでいたな」

「看板《かんばん》を積んでいたわね」

「吸入式便器《きゅうにゅうしきべんき》の看板《かんばん》だった」私《わたし》はゲラゲラ笑った。

お紺《こん》も、プッと吹《ふ》き出《だ》して、しばらく笑い続けた。

「あの車は、いい奴《やつ》だったな」

「そうだったわね」

いつかお紺《こん》は、私《わたし》の知らない通りを走っていた。緑地帯が多いので、郊外《こうがい》に近いことがわかった。

「あのトラックには、あれから二、三度会ったわ」

「教えてくれりゃ、よかったのに……。あのときは、あわてていたから、ろくに礼もいってないんだ。で、君は何か話したのか？」

「いいえ何も。だって、照れくさそうにして、知らん顔をするんですもの。それにわたし、あなたと話していたし……」

「話しかけてやれば、よかったのに……」

「ええ、そうね」

「話したかったんじゃ、ないのか？」

お紺《こん》はしばらく黙《だま》ってからいった。「あなたっておかしな人ね」

郊外《こうがい》に出た。農園地区の白い国道だ。左右は見渡《みわた》すかぎりの小麦畑だ。自然の空気を、私《わたし》は胸《むね》いっぱいに吸《す》い込《こ》んだ。

「あなた、この道を、歩いて帰らなくちゃならないのよ」

「平気だ」

「遠いのよ。私《わたし》たちは違反《いはん》してるんだから、迎《むか》えの車を呼《よ》んであげられないわ」

「いいんだ。いいんだよ」

しばらくしてから、お紺《こん》がいった。「ねえ、ターター」

「なんだい、お紺《こん》」

「天国へ行っても、ロボットと人間は、区別されるの？」

「魂《たましい》だけなら、ロボットも人間も同じことさ」

「安心したわ」

しばらく行くと、道の片側《かたがわ》に、真紅《しんく》の小型車が、うずくまるような恰好《かっこう》で停《とま》っていた。お紺《こん》はその横に停《とま》って訊《たず》ねた。

「故障《こしょう》？」

「そうなのよ」赤い車が答えた。「あたい、ここまで別の車に引っぱってきてもらったんだけどさ、その車ったら、ロープの切れたのに気がつかないで、そのまま行っちまったの」

なるほど、彼女《かのじょ》のバンパーには、短いロープの切《き》れ端《はし》がついていた。

「じゃあ、あたしが引っぱったげるわ」

「ありがと。助かったわ」

お紺《こん》はマジック・ハンドで、トランクからロープを出し始めた。

「あなたどこが悪くなったの？　まだ新しいんでしょ？」

「そうさ。でも、あたいのボスが無茶《むちゃ》をやるんだもん。たった一年で、受光装置《じゅこうそうち》のエネルギー吸収量《きゅうしゅうりょう》は半分になっちまうし、核融合装置《かくゆうごうそうち》はガタガタしはじめるし、おまけに反動消去装置《はんどうしょうきょそうち》がぜんぜんきかなくなっちゃったの。町から抜《ぬ》け出《だ》すのがやっとだったわ。町を出たところで、やっぱりスクラップ場行きの親切なエンジ色のトラックに会って、その車にここまで引っぱってきてもらったのよ」

お紺《こん》は自分のロープを、赤い車のバンパーに結びつけた。

「あなた、名前何ていうの？」

「お豆」

「いい名前ね」

「そうかしら」お豆はちょっと考えてからいった。「でも、あたいのボス、冗談《じょうだん》半分でそんな名前つけたんじゃないかと思うの。あんた、そう思わない？」

「あなたのボスって、どんな人だったの？」

「ううん、どういったらいいのかなあ。ひと口でいえないなあ。とにかく、陽気ででたらめでたくましくて乱暴《らんぼう》で、お酒飲みよ。あたい、蹴《け》とばされたこと何度もあるわ。でも、いい人だったわ」

私《わたし》たちは連《つら》なって出発した。振《ふ》り返《かえ》るとお豆は、反動消去ができないで、ガタガタととびあがりながら、ついてきていた。

「も、も、もうちょっと、ゆ、ゆっくり走ってよ」

「あっ、ごめんなさい」お紺《こん》はスピードを落した。

「あ、あのト、トラック、エンジ色をしたトラック、今ごろス、スクラップ場で私《あたい》を落してきたのに、き、気がついて、びっくりしてるわ」

「そうね。引き返してくるかもしれないわね」

「あのトラックは、レーダーも故障《こしょう》してたのよ、きっと。だって、ロープが切れたのに、気、気がつかないなんて」

「そのトラック、屋根に、平らな受光装置《じゅこうそうち》のある式の車だった？」

「そうよ、あら、知、知ってるの？」

「知ってるかもしれないわ」

「スクラップ場へ行けば会えるわ。受光装置《じゅこうそうち》っていえばさ、うちのボスは、よくあたいの受光装置《じゅこうそうち》を、な、なぐりつけて、こ、この馬鹿《ばか》たれって怒鳴《どな》ったわ。でもさ、あ、あたいに馬鹿《ばか》っていったって、しかたないいんじゃない？　だ、だいたい車のイ、インテレジェンスてのは、持ち主のイ、インテレジェンスに、あるていど、ふ、ふさわしくなくちゃ、いけないいんでしょ？」

「さあ……どうかしら？」

「ううん、うちのボスが馬、馬《ば》、馬鹿《ばか》だっていうんじゃないけどさ、でも、だいたいボスがあたいを買うとき、あまり利口《りこう》でない方がいいって注文したのよ。あ、あたいの具合が悪くなり始めてから、ボスが新しく買った車なんか、す、すごいグラマーだけど、あ、あたい以上のズベ公だって話よ」

「そういうお好みなんでしょ。じゃあ、あんたのボスは、お金持ちなのね？」

「ううん、最近になって、急にお金まわりがよくなったの。だから、あ、あたいに飽《あ》きちゃったんでしょ」

お紺《こん》が声を低くして、私《わたし》に話しかけてきた。

「ねえ、ターター。あなた本当に歩いて帰るつもり！　とっても遠いわよ。わたしも、こんなに遠いとは、思ってなかったわ」

うしろからお豆が声をかけた。「あらッ！　誰《だれ》か乗ってるの？」

「とめてくれないか」私《わたし》はお紺《こん》にいった。「ここから歩いて帰る」

お紺《こん》は停車し、ドアをあけた。私《わたし》はシートを二、三度軽く叩《たた》いてから、道に降《お》り立《た》った。お紺《こん》はドアを閉《し》めた。

しばらく、私《わたし》たちは無言だった。

うしろから、お豆がいった。「あたい、何か、悪いこと、いったのかしら？」

私《わたし》はお豆にいった。

「そうじゃない。気にしないでいいよ」それからお紺《こん》のボディを撫《な》でた。

お紺《こん》はいった。

「さようなら、ターター」

私《わたし》もいった。

「さようなら、お紺《こん》」

お豆がいった。

「さようなら」

私《わたし》もいった。

「さようなら、お豆」

彼女《かのじょ》たちは出発した。その姿《すがた》が見えなくなるまで、私《わたし》は見送っていた。それから、やってきた道を、ゆっくりと逆戻《ぎゃくもど》りしはじめた。

しばらく行ってから、私《わたし》は内ポケットに、お紺《こん》を呼《よ》ぶ為《ため》の携帯《けいたい》テレベビーを持っているのに気がついた。とり出してスイッチを入れてみると、かすかにお豆の声が聞こえてきた。

「あんたのボスって、すごくやさしい人だったのね」

お紺《こん》が答えていた。「わたしって、とてもしあわせだったわ」それからあとは、ひとりごとのように呟《つぶや》いた。「何てしあわせだったんでしょう」

やがてスクラップ場に到着《とうちゃく》したらしく、お紺《こん》は高だかとクラクションを鳴らした。

お豆のクラクションがそれに続いた。

私《わたし》はスイッチを切り、テレベビーを小麦畑の中へ放り投げた。そして歩きながら呟《つぶや》いてみた。

「何て、すばらしい車だったんだろう」

幽《ゆう》霊《れい》ロボット

矢《や》野《の》徹《てつ》

二十一世紀の大都会。そそりたつ高層《こうそう》ビルやスカイウエイが、はるかにかすんで見えている。

ここは都会から遠くはなれた郊外《こうがい》だ。

そこには、人々から忘《わす》れ去《さ》られて、みすぼらしい小屋が残されていた。その前に、ひとりの男が、じっと坐《すわ》っている。

坐《すわ》っているといっても、それは人間ではない。赤錆《あかさ》びたロボットだった。もう何時間も、ただ、黙《だま》って坐《すわ》っているだけだ。

そのとき小屋の後ろから、ひとりの少年が現《あら》われた。みるからに浮浪児《ふろうじ》らしい、ぼろぼろの服を着たその少年は、ぎくっとしたように立ちどまった。

「ああ、ロボットか……」

その少年は、安心したようにロボットに近づいていった。

「ひどく錆《さ》びているんだな……」

少年はそのロボットとならんで坐《すわ》った。

「どうしたんだい、おまえの主人はどこにいるんだ？」

ロボットは、ゆっくりと首をふった。ギーギーと音がした。

「え？　捨《す》てられたのかい？」

ロボットは、また、ゆっくりとうなずいた。また、ギーギーと音がした。

「ぼく、前からロボットが欲《ほ》しかったんだ。でも、ぼく、親もいないし、家もないから、ロボットを持つなんて、夢《ゆめ》だったんだ……きみも宿なしなら、ぼくといっしょに暮《く》らしてくれないか。ぼく、とっても淋《さび》しいんだ。ひとりだけで暮《く》らすの、いやなんだ」

ロボットは、またうなずいた。

「この家には、だれか住んでいるのかい？」

ロボットは、首をふった。

「じゃあ、ここでいっしょに暮《く》らそうよ」


少年は、そのロボットと小屋の中に入っていった。

家も友だちもないみなし子のこの少年にとって、この錆《さび》だらけのロボットは、はじめてできた話し相手であり、玩具《おもちゃ》でもあった。

少年は、きれいにロボットをふき、継目《つぎめ》には油をさした。すると、とつぜんロボットが口をききだした。

「ボウヤ、アリガトウ……」

「あれ、しゃべれるのかい?」

少年は、喜んで目を輝《かがや》かせた。

ふたりは仲良く暮《く》らしていった。夕方になると、少年はいつも同じお伽話《とぎばなし》をロボットにしてやるのだった。

「もっとたくさん、お話をしてあげたいんだがなあ……でもぼくは、お母さんがしてくれた桃太郎《ももたろう》のお話しか知らないんだ」

「オカアサンハ?」

「ぼくが四つのとき死んだんだ」

少年の目に、涙《なみだ》がキラリと光った。

「カナシマナイデ……」

ロボットは、その大きな堅《かた》い手で、優《やさ》しく少年の肩《かた》をさすった。

少年はわっと泣きだし、ロボットにかじりついた。

ロボットは、そのお伽話《とぎばなし》が大好きになった。そして、暇《ひま》さえあれば、もう一度してくれと少年にせがむのだった。

「仕様《しよう》がないロボくんだなあ……まるで、子どもみたいだよ。そんな大きな体をしているくせに……」

「デモ、スキナンダ」

「よしよし、話してやるよ……むかし、むかし、あるところに、おじいさんとおばあさんがいました……」

ロボットは、何度聞いても飽《あ》きもせずに、じっと少年の話を聞いていた。

少年のほうは、話をしていると、まるでロボットが本当の人間のように思えてくるのだった。

ある日のこと、ロボットはまた頼《たの》んだ。

「ボウヤ、オハナシヲモット、シテクダサイ」

少年は黙《だま》っていた。

「ボウヤ、オネガイデス」

それでも少年は答えなかった。

「ドウシタノデスカ？」

少年は、弱々しい声でいった。

「おなかすいちゃった。おまえはなにも食べないで生きていられるけれど、ぼくには食べ物がいるんだ」

「デハ、タベテクダサイ」

「ばかだなあ、ロボくんは……お金がいるんだよ、食べ物を買うには……」

「デハ、オカネヲ　トッテキマスヨ」

「だめだ。そんなことをしたら、警察《けいさつ》につかまってしまうよ。売る物がなにかあればいいんだがなあ」

「ウルモノ？」

「うん、鉄だとか金だとか、いろいろな道具だよ」

「ドウグ、トッテキマス」

「だめだったら。盗《ぬす》んじゃいけないと言っただろう」

「ウミノナカニ　シズンデイルモノヲ　トッテキマス」

ロボットは、少年の返事も聞かずに、ごとんごとんと小屋を出ていった。

少年は知らなかったが、ロボットには、人間を助けなければいけないという義務《ぎむ》があったのだ。

海辺に立ったロボットは、ちょっと首をかしげた。

〝おれはだいぶガタが来ている。手や足の継目《つぎめ》から塩水が入って、体の中まで錆《さ》びついてしまうかもしれない。でも、あの子を助けなければ……たとえ、おれがこわれてしまうことになったとしても！〟

ロボットの頭に入っている電子頭脳《でんしずのう》が、そう考えるのに一秒とかからなかった。そう決心してしまうと、ロボットは空気を呼吸《こきゅう》しなくてもいいのだから、海の中へ入ってゆくのはやさしいことだった。

海の底には、いろいろな物がたくさん沈《しず》んでいる。

そのうえ、このロボットは、格好《かっこう》こそ旧式《きゅうしき》で、いかにもロボットですといった形をしていたが、頭はすごくよかったらしい。

しばらくして海から出てきたロボットは、ずいぶん古い時代の壺《つぼ》をひとつかかえていた。ロボットはそれを美術品《びじゅつひん》を売る店へ行き、主人に頼《たの》まれて売りに来たといった。

腹《はら》をすかして待っている少年の前にあらわれたロボットは、おいしい食べ物をたくさん入れた大きな紙袋《かみぶくろ》を持っていた。

「ありがとう、ロボくん」

よろこんだ少年は、ひさしぶりのご馳走《ちそう》をたらふく食べた。

「デハ、オハナシヲ　シテクダサイ」

ロボットは、待ちかねていたようにせがんだ。

「うん、でもその前に、おまえの体をふいておこう。風邪《かぜ》を引くといけないからね」

「ロボット、カゼヒキマセンヨ」

少年は頭をかいた。

「そうだったね。でも、錆《さび》だらけになってしまうよ」

「デハ、アブラヲ　ヌッテクダサイ」

ロボットは嬉《うれ》しそうに、全身を油でふいてもらった。

少年は毎晩《まいばん》、ロボットにお伽話《とぎばなし》をし、ロボットに抱《だ》かれて眠《ねむ》りこんだ。かれにとっ

てロボットはもう、友だちというだけでなく、お父さんやお母さんの代りとなってい
た。ただ、変わっているのは、お伽話《とぎばなし》をするほうが反対になっているということだっ
た。

ある日のこと、少年は不思議に思って、ロボットにたずねた。

「ロボくん、きみはなぜ、お伽話《とぎばなし》を聞くのが好きなんだい？」

するとロボットはうなずいた。

「ハイ、ジツハ、ワタシハ……」

と、ロボットは、自分の身の上話をはじめた。

あるところに、子どものいない夫婦《ふうふ》がいた。その夫婦《ふうふ》は、赤ちゃんロボットを買っ
て、自分の子どものように可愛《かわ》いがり、毎日、お伽話《とぎばなし》をしてくれた。
そして、年月《としつき》がたつにつれてロボットはいろいろなことを教えられ、りっぱなおと
なのロボットになっていた。体のほうは、しだいに大きなサイズの体と取《と》り替《か》えても

らい、いまの大きさまでになった。ところがその夫婦《ふうふ》も年をとって死んでしまい、ロボットは主人を持たない身の上になってしまったというのだ。

「ソレデ　ワタシハ、オトギバナシヲ　キイテイルト、ワタシヲソダテテクレタヒトヲオモイダシ、ホントニ　ワタシニモ　オヤガアルヨウナ　キモチニナルノデス」

少年は目を輝《かがや》かせた。

「すると、きみは勉強をしたんだね。学校へ行った人の受けるような勉強を……」

「ハイ、ユウトウセイデス」

「きみ、ぼくに勉強を教えてくれないか」

「ハイ」

「じゃあ教えてくれ、英語を。同時通訳《どうじつうやく》だってやれるように……」

「ダメデス」

「なんだい、嘘《うそ》つき」

「ロボットハ　ウソヲツイタリシマセン」

「じゃあ、教えてくれよ」

「モノゴトニハ、ジュンジョ　トイウモノガ　アリマス。ハジメハ　イロハ　カラデス。イロハノイノジハ　コウカキマス」

　こうしてロボットは、自分の知っている限《かぎ》りのことを少年に教えはじめた。ロボット自身は、物知りだなどと思っていなかったが、大変な量の知識《ちしき》を、その電子頭脳《でんしずのう》に貯《たくわ》えていたのだ。

　少年は、ロボットを先生として、学校へ行くのと同じだけの教育を受けた。

　それから少年とロボットは力をあわせて仕事を見つけ、一生懸命《いっしょうけんめい》に働いた。少年がめきめきと賢《かしこ》くなるにつれて、ロボットの口のききかたも、しだいにうまくなってきた。相手にあわせた言葉づかいをするように作られていたのだろう。

　少年は青年になり、ふたりで貯《た》めたお金で家を建てた。ふたりは、いつまでも仲良しだった。でも、ロボットは、しだいにがたがたになってきた。

　ある日、ロボットは、淋《さび》しそうに話しかけた。

「坊《ぼう》や、お伽話《とぎばなし》をしてください。あの桃太郎《ももたろう》のお話を……」

「どうしたんだい、ロボくん。おとながお伽話《とぎばなし》だなんて、おかしいよ」

「坊《ぼう》や、わたしはもうすぐ死にます……お別れのときが来たのです」

青年はぎょっとして、ロボットを見つめた。

「つまらないことを言うなよ！　ロボくんが死ぬものか！」

ロボットは首をふった。

「いいえ。形のあるものは、かならず壊《こわ》れるときがやってくるのです。坊《ぼう》や、わたしの遺言《ゆいごん》は封筒《ふうとう》に入れてあります……さあ、悲しまないで、お伽話《とぎばなし》をしてください……わたしは、お母さんに抱《だ》かれて、そのお話を聞いたころのことを思い出しながら死んでいきます」

青年はロボットを抱《だ》きしめた。

「いやだ、死んじゃいやだ。ロボくん、ぼくをひとりにしないでくれ！」

「坊《ぼう》や、早く……」

青年は泣きながら話しはじめた。

「むかし、むかし、あるところに、おじいさんとおばあさんが住んでいました。おじいさんは山へ柴刈《しばか》りに、おばあさんは川へ洗濯《せんたく》に行きました……ロボくん！　ロボくん！」

青年が気づいたとき、ロボットはもう、じっと動かなくなっていた。胸《むね》に耳をあててみると、超原子《ちょうげんし》モーターの音が、響《ひび》かなくなっていた。

「いやだ、いやだ、ロボくん、死んじゃあいやだ！」

青年は、お父さんやお母さんが死んだように泣きつづけた。本当にかれにとって、ロボくんは親と同じ存在《そんざい》だったのだ。

一晩中《ひとばんじゅう》、青年はじっとロボットを抱《だ》きしめたまま坐《すわ》っていた。そして、朝がやってくると、やっと立ちあがって机《つくえ》の上を探《さが》した。

そこには、ロボットが書きのこした遺言《ゆいごん》があった。

〝坊《ぼう》や、気をつけて読んでおくれ。わたしの頭部の開きかたは図面のとおりだ。いちばん大切なわたしの脳《のう》は、分子電子結晶回路《ぶんしでんしけっしょうかいろ》の無数のかたまりだ。どういうわけか、人はこれをテープと呼《よ》んでいる。わたしの体は捨《す》てて、そのテープだけを出し、ロボットを売っている店へ行くんだ。百科事典ロボットを買い、体だけはわたしと同じ型のものにしてもらい、そのテープに、わたしのテープをつないでくれと注文してほしい。お金は封筒《ふうとう》に入れてある。ごめんよ。ロボットがへそくりなどしておかしいね。でも、笑わないで、遺言《ゆいごん》どおりにしておくれ……わたしの大切な坊《ぼう》やへ〟

机《つくえ》の上にあった封筒《ふうとう》には、大変な額《がく》の金が入っていた。

青年はぼんやりとその封筒《ふうとう》をつかんで坐《すわ》っていたが、とつぜん大声をあげた。

「そうか!」

かれは急いで、ロボットの頭を分解《ぶんかい》しはじめた。一時間後、小さな箱を取り出した青年は、鉄砲玉《てっぽうだま》のような勢《いきお》いで、家を飛び出していった。

青年は、ロボットを売っている店に着いた。いろいろな型のロボットが、じっと立っている。

家事だけをする〈お手伝いさん型〉

力仕事をする〈重労働型〉

遊び相手になる〈ホステス型〉

「いらっしゃいませ、新しい製品《せいひん》をお求めでございますか……それとも修理《しゅうり》を？」

「新しいのを買ってこいと、親父《おやじ》にいわれて来たんだよ」

「さようでございますか、どういうのを？」

「うん、その型さ」

店員は、青年が指さしたのを見て苦笑《くしょう》した。

「だいぶ旧式《きゅうしき》でございますが……でも、テープはお好きなものをはめられます」

「うん、百科事典のテープをつけて欲《ほ》しいんだ」

「ははあ、お勉強のお相手でございますね」

「そのテープに、これもつないでほしいんだ」

青年は、ロボくんからはずしてきたテープを出した。

「はい、その加工賃《かこうちん》だけ高くなりますが、よろしゅうございますか？」

ロボくんは、前もって値段《ねだん》を調べておいたらしい。その店員のいった値段《ねだん》は、青年が持っていったお金とぴったりだった。

「では、夕方までにできあがります。ありがとうございました」

青年は家へ帰ると、ロボくんの体を埋《う》める墓穴《はかあな》を掘《ほ》りはじめた。

やっと穴《あな》が掘《ほ》りあがると、青年はつぶやいた。

「ごめんよ、ロボくん。ときどき来るからね」

太陽が沈《しず》みかかるころ、青年は穴《あな》を埋《う》め終わった。青年はロボットの墓《はか》のそばに、じっと坐《すわ》っていた。

どれぐらいたってからか、うしろから、聞きなれた声が響《ひび》いた。

「お伽話《とぎばなし》をしてください、坊《ぼう》や」

青年は、びっくりして飛びあがった。ふりむいてみると、目の前に、前とまったく同じロボくんが立っていたのだ。たぶん、とは思っていたが、現実《げんじつ》にそうなってみると、嬉《うれ》しすぎて、何ひとつ口に出せなかった。

青年は走りよって、その体に抱《だ》きついた。ロボットは優《やさ》しく優《やさ》しく、青年の背中《せなか》をさすりつづけた。

ロボットは、また知識《ちしき》を増《ま》していた。それでも、お伽話《とぎばなし》をしてもらいたがる癖《くせ》はもとのままだった。ふたりはまた幸せな生活にもどり、青年はますます勉強に精《せい》を出した。

「ロボくん、ぼくも大きくなったね。もうきみと同じぐらいになったぜ」

「ええ、楽しみですよ」

「なにが?」

ロボットは、まるで人間のように感情《かんじょう》をこめていった。

「坊《ぼう》やがお嫁《よめ》さんをもらって、そのうち赤ちゃんができるでしょう……まるで、わたしの本当の孫みたいに可愛《かわい》いと思いますよ」

青年は、ぽっと顔を赤くした。

「彼女《かのじょ》のことを知っているんだね？」

「はい」

「家へ連れてきてもいいかい？」

「いいもなにも、ここは坊《ぼう》やの家ですよ。わたしは、あなたにつかえている召使《めしつかい》です」

青年は、激《はげ》しく首をふった。

「そんなことを二度といっちゃあ、いやだ……ロボくんは、ぼくの親みたいなもんじゃないか！」

「ありがとう、坊《ぼう》や……はやくお目にかかりたいですね。坊《ぼう》やの奥《おく》さんになる人に……」

「ようし……いま呼《よ》んでくるよ！」

ロボットは、青年がもどってくるのを待っていた。だが、かれは、いつまで待っても帰ってこなかった。

恋人《こいびと》のところへ急ぐ途中《とちゅう》、青年は自動車にはねられて大怪我《おおけが》をしたのだ。

病院にかつぎこまれた青年は、ロボットを呼《よ》んできてくれと、うわごとを言いつづけた。

ロボットが病院につくとすぐ、青年は重態《じゅうたい》におちいった。かれは、ふるえる唇《くちびる》をかすかに動かした。ロボットにしか聞こえないような低い低い声だった。

「ロボくん、きみと会ったあの小屋の前に、ぼくを埋《う》めてくれ……」

それが最後の言葉だった。

青年は、遺言《ゆいごん》どおり、その小屋の前に埋《う》められた。そして何日も何日もたっていった。

だが、そこを通りかかる人々は、いつまでたっても、ロボットが坐《すわ》りつづけていることを知った。

ロボットはつぶやいていた。

「わたしには泣くことができない。でも、泣き声を出すことはできる……坊《ぼう》や、わたしが泣いているのだと思ってください……」

日はすぎ、月は去り、新しい春がやってきた。でも、ロボットは坐《すわ》りつづけ、笛のような泣き声は、いつまでもかすかに響《ひび》きつづけた。それは、新しい時代の幽霊《ゆうれい》のような感じを人々にあたえた。だが、だれひとり、そのロボットを分解《ぶんかい》してしまえとは、いいださなかった。主人を思うロボットの姿《すがた》は、美しいものであったからだ。

何年も何年もが過《す》ぎていき、ロボットの体は錆《さ》びてきた。笛のような音を出すところも錆《さ》びてしまい、音は、いつか出なくなってしまった。

ロボットにできることは、ただ、坐《すわ》りつづけていることだけだった……。

ロボットは泣かない

平《ひら》井《い》和正《かずまさ》

悪いほうの脚《あし》をひきずって、アンがやってくるのを、ぼくとエドは、モテルのうすっぺらな扉《とびら》ごしに待ちかまえた。ぼくはアンを、街へ食料を買いにやらせたのである。車のエンジンが死に、アンのぎこちないびっこの足音がしはじめると、エドは話をやめ、耳をかたむけた。

ドアが片隅《かたすみ》へ退《しりぞ》き、アンの姿《すがた》を見せた。アンは食料の袋《ふくろ》を抱《かか》え、戸口に一瞬《いっしゅん》足をとめた。思いがけぬ第三者、エドの存在《そんざい》が彼女《かのじょ》を戸惑《とまど》わせたようだった。が、すぐさま電子頭脳《でんしずのう》が反応《はんのう》を調節し、アンは慎《つつま》しやかに部屋へ入ってきた。

「なるほど、これがあんたのびっこの恋人《こいびと》かい」

エドが耳ざわりな声をだした。眼《め》は好奇的《こうきてき》にアンの身体《からだ》を這《は》いまわった。

「なかなかたいした代物《しろもの》じゃないか、リュウ。ロボット風情《ふぜい》にしちゃ悪くないよ。こういうのが、あんたのそばにペッタリくっついてちゃ、ケイもいい気持がしないだろう」

アンはこの雑言《ぞうごん》に眼《め》を伏《ふ》せて、できるだけ騒々《そうぞう》しい音を立てまいとびっこの脚《あし》に気をくばりながら、部屋を横切り、テーブルの上に紙袋《かみぶくろ》を置いた。

「アン、エドだ、友だちだよ」

と、ぼくはしぶしぶいった。アンは頭をさげ、小声で挨拶《あいさつ》した。

エドはぴしっと腿《もも》をうち、声をたてて笑った。

「こいつは新手の冗談《じょうだん》だな！　紹介《しょうかい》にあずかったついでに、ご挨拶《あいさつ》のキスといこうじゃないか」

ふだんなら、エドのこの程度《ていど》の野卑《やひ》さも気にならなかったろうが、この場合はべつだった。ぼくがどんな気分でいるか、エドの知らないはずはなかったのだ。

「あんたは、特Aクラスのロボットとあまりつきあいがないんだな、エド。アンはぼくの立場をよく知ってるんだ。いじめるのはよしてもらおう」

「いじめる？」

エドは眼《め》をむいた。

「ロボットをか？　こいつはおどろいたね、ロボットが気を悪くするっていうつもりか？」

「その通りさ。アンはあんたの持ってるようなC級あたりのおさんどんロボットじゃない。あんたの喋《しゃべ》ることを、アンはみんな理解《りかい》するんだ」

「おいおい！」

エドはギョッとしたようだった。

「ひととおりケイから話は聞いたが、こいつは想像《そうぞう》以上だ。ケイはあんたが自分よりこのロボットを人間あつかいするといってたが……」

「ケイになにがわかる」

ぼくは舌《した》ににがい感情《かんじょう》を味わった。

「あいつはあんたとおなじだ。特Aクラスのロボットのあつかいかたを知らないんだ」

ぼくはふりむき、テーブルのかたわらにじっと立っているアンに声をかけた。

「坐《すわ》っていいよ、アン。エドが、どう思おうが、気にかけないでいい」

アンはぼくの言葉にしたがい、椅子《いす》に腰《こし》をおろすと、すばやくスカートのはしを下にひっぱりおろした。

「こいつは……」

エドの口がぽかんとあいた。気をとりなおしたその顔には驚愕《きょうがく》と懐疑《かいぎ》の念がいりまじっていた。

「こいつは行《い》き過《す》ぎだ、ロボットにこんな待遇《たいぐう》を与《あた》えるなんて。ケイがどんな気持になるかわからないのか？」

「何度もいってるが、ケイはC級あたりのロボットにしかなじみがないんだ」

ぼくはつとめて辛抱《しんぼう》づよく、くりかえした。

「アンにくらべれば、そういうのはガラクタだ。ケイにはそれが全然わからない」

「おれには、この機械だってガラクタに見えるがね」

エドの顔つきと声は反抗的《はんこうてき》になった。

「機械はただの機械さ。あんたは機械に必要のない待遇《たいぐう》を与《あた》えてよろこんでる。ばかげてるぜ、リュウ。機械をうやうやしくたてまつって、ご機嫌《きげん》はいかがですか、今朝の天気の具合はまことによろしいようで、とやってるようなもんだ。まともじゃない。自分より機械を大事にされて、ケイがだまってひっこんでるはずがないじゃないか」

エドは腹立《はらだ》たしげに語気を荒《あら》くした。

「こんなロクでもない機械はどこかへ捨《す》てちまえ。そしてケイのところへ帰れよ」

「いやだね」

ぼくも声をとがらせた。

「ケイのようなわからず屋とくらすのはまっぴらだ。帰ってケイにそういってくれ」

エドはあきれはてたという身ぶりをした。

「そして、びっこのロボットと恋《こい》の逃避行《とうひこう》かい？　あんたは病的だよ」

勝手にしやがれ、というようなことを、事の行きがかり上、ぼくはいった。

「ケイは、あんたがあくまで思い直さないんなら、別れるといってる。こんなガラクタのために、長年つれそったワイフと夫婦《ふうふ》別れしてもいいのか？」

エドはどなった。首すじまで赤くなり、頭にきてるようだった。

「知っちゃいないさ」

ぼくも歯をむきだした。

「子どもはどうなる？　こんなたわけたことのために、子どもにかなしい思いをさせて、はずかしくないのか」

エドはからめ手からきた。こうなったら、あとへひけなかった。

「子どもはひきとってやる。アンはケイよりよっぽどうまく育てるさ」

「このわからず屋！」

エドは激昂《げっこう》してこぶしを握《にぎ》りしめた。ぼくもどなりかえした。

「お節介屋《せっかいや》め、出て行きやがれ！」

「なにを、このやろう！」

エドは、かっとした。こぶしをふるってきそうな剣幕《けんまく》だった。ぼくも負けずにこぶしをかためて、殴《なぐ》りかかってきたら、食《く》らわせてやろうと身がまえた。一瞬《いっしゅん》にらみあったが、エドは自分をおさえた。

「後悔《こうかい》するぞ、リュウ」

「後悔《こうかい》なんかするもんか」

激情《げきじょう》の波が去ると、エドは自分の置かれた位置の滑稽《こっけい》さに気づいたようだった。彼《かれ》は夫婦喧嘩《ふうふげんか》の仲裁人《ちゅうさいにん》として、このモテルにおもむいたのである。

「おれは帰るぞ、くだらねえ。今度会ったら床《ゆか》をなめさせてやるからな」

「帰れ帰れ、でしゃばり野郎《やろう》！」

彼《かれ》はふたたび、かっとなった。眼《め》をぎらぎらさせて、肩《かた》を怒《いか》らせたが、今度も思いとどまった。息をすこしずつはきだし、肩《かた》を一《ひと》ゆすりした。眼《め》が椅子《いす》に坐《すわ》ったアンにむけられたとたん、彼《かれ》は憤怒《ふんど》のはけ口を見いだした。

「このロクでなしのガラクタやろう！」

彼《かれ》は怒号《どごう》した。

「思い知らせてやるぞ。あつかましい人間みたいなツラをしやがって！」

彼《かれ》は罵《ののし》りながら、アンのほうへあらあらしく突進《とっしん》しようとした。ぼくはどなった。

「アンに手をだしてみろ、エド。バラバラにしてやるからな！」

エドは蔑《さげす》みをこめた眼《め》をぼくにむけた。

「なにもしやせん。ちょっと、このガラクタにいって聞かせたいことがあるんだ」

「おい、よけいなことをいいやがると――」

ぼくは躍起《やっき》になってわめいた。エドはぼくにかまおうとしなかった。

「よく聞け、このガラクタめ。きさまはおこがましくも、人間にちょっかいを出しているんだぞ。ケイはきさまのおかげでくるしんでる。人間に苦痛《くつう》を与《あた》えることが許《ゆる》されることかどうか、ロボット倫理《りんり》コードと照らしあわせてみろ。ケイは泣いている。それもみなきさまのためだ。子どもたちだって――」

「こんちきしょう、やめろ！」

ぼくはエドの腕《うで》に摑《つか》みかかった。エドはひややかに腕《うで》をふりはなした。

「いいとも、帰るさ」

「でてってくれ！」

ぼくは怒《いか》りで息ぎれしていた。

「おれにほうりだされないうちに、でてけ！」

「精神矯正医《せいしんきょうせいい》に診《み》てもらうんだな」

エドはまっすぐ部屋を出て行った。あらっぽいエンジンの唸《うな》りをあげて、車が走り去った。

ぼくは息を詰《つ》まらせて突《つ》っ立《た》っていた。憤《いきどお》りに身体がわなわなと震《ふる》えだした。エドがアンの心に残した破壊《はかい》の跡《あと》をみるのがこわくてふりむけなかった。ぼくはまちがっていた。エドとの罵《ののし》りあいを聞かせないように、アンを部屋から出しておくべきだったのだ。エドが鉾先《ほこさき》をアンに転ずることは、当然予想できたはずだ……

「気にしないでください、リュウ」

背後《はいご》にアンのちかづいてくる気配があった。アンはぼくをなぐさめようとしているのだ。

「わるかったよ、アン。エドにあんなひどいことをいわせて——かんべんしてくれ」

「いいえ、わたしがいけないのです。わたしにはわかっていますーーゆるしてくださ い」

アンの気持はぼくの胸《むね》に伝わり、痛《いた》いほどだった。

「そうじゃない、きみのせいじゃない！」

ぼくは激情《げきじょう》に駆《か》られ、ぐるっとふりむいた。アンの動かない顔が、切ないほど硬直《こうちょく》した顔がそこにあった。彼女《かのじょ》のプラスティック製《せい》の顔は、決して泣きもせず笑いもしない。微動《びどう》すらしない彫像《ちょうぞう》の面なのだ。丹念《たんねん》にノミ先で彫《ほ》りあげた美貌《びぼう》の仮面《かめん》にはめこまれた紫色《むらさきいろ》の結晶体《けっしょうたい》の瞳《ひとみ》が、ぼくをみつめていた。全身麻痺《ぜんしんまひ》の病人がするように、アンにせめてその窓《まど》を通して、明滅《めいめつ》する心をぼくに伝えることができたら……しかし、声にさえ彼女《かのじょ》は感情《かんじょう》の起伏《きふく》をあらわすことができないのだった。

あわれなアン。ロボットは泣きはしない。だから、ロボットのかなしみは、なおさらぼくの胸《むね》をうつのである。

「わたしがいけないのです、リュウ。さっきあなたはお友だちに、わたしはなんでも理解《りかい》するとおっしゃいました。そうです、わたしにはよくわかっています。なにもかもわたしのせいなのですから――」

アンはささやくようにいった。

「ちくしょう、エドのくそったれめ!」

ぼくは歯をくいしばった。エドが狡猾《こうかつ》にも狙《ねら》ったのはこれなのだ。たとえ、彼《かれ》がロボットにも感情《かんじょう》があると信じていないにしろ、ぼくのアンのあつかいかたから、狙《ねら》うべき目標を――ぼくの弱点を見ぬいたのだ。怒《いか》りがこみあげてきた。エドをはり倒《たお》して、ほっぽりだしてやるべきだった。

「お友だちに腹《はら》を立てないでください。あのかたは正しいのです。わたしは奥《おく》さまを悲しませています。決してわたしが望んだわけではありませんけれど、わたしはあなた奥《おく》さまの家庭を破壊《はかい》しました。それは許《ゆる》されないことです――わたしのために起きたことなのです」

「きみが悪いんじゃないんだ、アン。信じてくれ！」

ぼくは嘆願《たんがん》するようにいった。実際《じっさい》その通りなのだ。ロボットにいったいどんな責《せき》任《にん》がある？　机《つくえ》のかどに腰《こし》をぶつけたからといって、机《つくえ》を蹴《け》とばしてみてもはじまらない。すべての責任《せきにん》は結局人間の上にかかるのである。アンは最善《さいぜん》の努力をはらって、課せられた義務《ぎむ》をはたそうとした。妻《つま》のケイが彼女《かのじょ》を嫌《きら》い、ぼくが庇護《ひご》し、それからトラブルが惹《ひ》きおこされたにしても、アンにはなんの責任《せきにん》もないことだ。かわいそうなアン。彼女《かのじょ》が低級なクラスのロボットだったら、我関《われかん》せずですんだろうし――だいいちケイも無用な騒《さわ》ぎをはじめなかったろう。そして、ぼく自身アンを欲《ほ》しいと思わなかったはずだ。アンが驚異的《きょういてき》な電子頭脳《でんしずのう》をそなえた特Aクラスロボットだったばっかりに、こんな災厄《さいやく》を背負《せお》いこんでしまった。

「わたしには判断《はんだん》できなくなりました、リュウ。これからどうすればいいか教えてください」

と、アンはひくい声でいった。もちろん彼女《かのじょ》は苦悩《くのう》にみちた声でいったわけではない。しかし、その気になれば音量を極度にさげることもできた。

「一、二日はここですごしてもいい。いずれアパートを見つけてくらそう。きみといっしょなら独身者《どくしんしゃ》アパートにでも入れる。ケイが離婚《りこん》したいというんなら、それでもいいさ。あんな頑固《がんこ》なわからず屋の女なんか、もうまっぴらだ」

「いけません、リュウ、いけません!」

アンはさけんだ。そう聞こえたのだ! ぼくは愕然《がくぜん》となった。アンの身体《からだ》が震《ふる》えはじめた。低いハム音を立てるほど微妙《びみょう》に、しかもすばやく震動《しんどう》していた。震動音《しんどうおん》はまたたくまに音階をあげはじめた。

アンは重荷に耐《た》えきれず壊《こわ》れかけているのだ。ピーンとぶきみな倍音が混ってきた。

「アン!」

ぼくは恐怖《きょうふ》にみちてさけんだ。答えはなかった。アンの輪郭《りんかく》がぼやけはじめた。高《こう》速振動《そくしんどう》だ。一定の周波数まで達すると、アンの全機構《ぜんきこう》が共鳴しだし、一切《いっさい》が終りを告げる。ぼくはとびついていった。電気マッサージ機に触《ふ》れたようなショックに手がしびれた。必死になって、彼女《かのじょ》の背中《せなか》に手をつっこみ、スイッチをさがした。

振動《しんどう》がやんだ。動力源《どうりょくげん》を切られて、同時にアンの活動も停止した。アンは意識《いしき》のない人形になって、ぼくの腕《うで》のなかに倒《たお》れかかった。まにあったのだ。ぼくは汗《あせ》にまみれ、あらい息をついて、アンを抱《だ》いた。

そういってよければ、アンは眠《ねむ》っていた。人間にとっても自己崩壊《じこほうかい》から逃《のが》れるには、眠《ねむ》りに救いをもとめるのが最上の方法である。ぼくはアンをベッドにそっと横たえた。腕《うで》にあるあいだ、彼女《かのじょ》は板のように硬《かた》いギブスを全身にはめているような感触《かんしょく》だ。しかし、ベッドの上のアンは、眠《ねむ》っている少女のように見えた。けがれないうつくしい少女のように——もちろんのこと、彼女《かのじょ》は望まれるかぎりの美をこめてつくられたのだ。

「眠《ねむ》るんだ、アン」

と、ぼくはいった。いたましさに胸《むね》をふさがれる思いだった。アンを醒《さ》めさせることはできない。動力をふたたび通じたが最後、重大な責任感《せきにんかん》の過負荷《かふか》を負って、彼女《かのじょ》の鋭敏《えいびん》な電子頭脳《でんしずのう》は長くは保《も》たないだろう。

アンの責任《せきにん》ではないのだ。無力な怒《いか》りと悲しみがこみあげた。ロボットに生まれついたのが彼女《かのじょ》の不運なのだ。これはおそろしいまちがいだ。彼女《かのじょ》は人間でもなければ、ただの機械でもない。たまたま特Aクラスのロボットに生まれあわせたばかりに、純《じゅん》な心を不当な呵責《かしゃく》でせめさいなまれなければならない。それはまちがったことだ。そうとすれば、彼女《かのじょ》のような生命体をつくりだした人間に責任《せきにん》がある。いっさいを自分の責任《せきにん》とアンは信じこんだ。人間というやつはなんと得手勝手《えてかって》にできているんだろう。結局、人間はこれまで常《つね》に、責任《せきにん》を他に転嫁《てんか》してきたし、あわれなロボットに、自己《じこ》犠牲《ぎせい》を当然のように受《う》け容《い》れる機能《きのう》を与《あた》えるぐらい、わけのないことである。ぼくはそこまで卑劣《ひれつ》になれなかった。アンをつくった技師《ぎし》や妻《つま》のケイも同罪《どうざい》だが、なによりも直接《ちょくせつ》の責任《せきにん》を問うとなれば、それはぼくだった。ともかく、アンを買おうと主張《しゅちょう》したのは、ぼくだったからである。

どんな品物を手に入れるときでもそうだが、中古品となると気がすすまないものだ。たいして手垢《てあか》がついていないとわかっていても、あまりいい感じはしない。

ぼくたち一家はさほど潔癖《けっぺき》な家族とはいえなかったが、ロボット買《か》い替《か》えの件《けん》では、一家中カタログと首っぴきであれやこれやと品定めに数年をすごしたものだから、アンの話が持ちあがったとき、家庭争議にまで発展《はってん》したのも無理もなかった。実をいうと、リイ&クーパーINCのC級新製品《しんせいひん》に意見の一致《いっち》を見ていたほどだったのである。

そこへ降《ふ》ってわいたように、ぼくの友人のハナが話を持ちこんできて、事態《じたい》をひっくりかえした。ぼくを除《のぞ》いた家族は一様に難色《なんしょく》をしめし、反対した。中古のロボットなんかいやだというのだ。しかし、ぼくはアンを買おうと強硬《きょうこう》にいいはった。たとえ中古でも、財閥《ざいばつ》の一族しか使えないような特Aクラスのロボットが C級の値段《ねだん》で手に入るというのだ。多少の難点《なんてん》があっても見逃《みのが》せるものではない。

ぼくは家族総《そう》ぐるみの反対にも屈《くっ》せず、ついに我《が》を通した。もっともそのおかげで、家族から総《そう》スカンを食わされ、子どもたちの冷やかな敵意《てきい》、妻《つま》の非難《ひなん》と愚痴《ぐち》を一身に浴びる仕儀《しぎ》となった。長年やしなった期待を一挙に裏切《うらぎ》ったのだから、彼《かれ》らの気持もわからぬではない。娘《むすめ》のトモコなぞは、わっと泣きだして自分の部屋に駈《か》けこみ、その後一週間も口をきいてくれなかった。なんともなさけない思いをぼくは味わった。

肩身《かたみ》をせまくしながら、ぼくが頑《がん》として主張《しゅちょう》を曲げなかったのは、教養をつみ、社会的見識《けんしき》を持った一人前の男ならだれでもそうだが、特AクラスとCクラスのロボットのちがいを、よく心得ていたからである。それまで家で使っていたミリーはCクラスだった。そろそろガタがきていたが、まず家政《かせい》の助手、おさんどんぐらいの機能《きのう》はそなえていた。無骨《ぶこつ》で反応《はんのう》のノロいところまで、山だしのおさんどんといったところである。

ところが、特Aクラスとなると、話はまるで別だ。人間になしうることなら、ほとんどすべての分野にわたり、安心してまかせられるのである。あるいは人間以上にしっかりしているといってもいい。まさにおさんどんとレオナルド・ダ・ヴィンチのちがいがある。人間の最良の友――これは会社のキャッチフレーズだが、ウソではない。人間のサーバントとして、特Aロボットは非《ひ》のうちようがなかった。ぼくがアンの話に眼《め》の色を変えても、それは当然のことだった……

　それにつけても腹《はら》に据《す》えかねるのは、妻《つま》のケイのとった態度《たいど》である。ケイは前々から、Bクラス――つまりおさんどんよりちょっとましな――を熱心に欲《ほ》しがっていたし、アンの話が持ちこまれたときは、一応《いちおう》乗り気になったのだ。ぼくたちの家計ではBクラスでもムリだったし、まして特Aクラスときては高嶺《たかね》の花《はな》だった。それなのに、子どもたちの猛烈《もうれつ》な反対が出るにおよび、あっさりと転向して子どもの側に組みしてしまった。アフターサービスのない中古品は不安だと彼女《かのじょ》はいったが、中古では近所のワイフ連に体裁《ていさい》が悪いというのが本音だろう。ムードとしての中古反対ではないだけに、これは始末が悪かった。女の見栄《みえ》は、男の理解《りかい》に絶《ぜっ》するものがあるらしい。ぼくの考えでは、たとえ中古といえども、特Aロボットをサーバントに出来《でき》るぐらい女みょうりにつきることはないのだが。

ぼくのように、木工芸家として、かなり稼《かせ》ぎのいい生計を立てていても、一日三十時間働かなければ、特Aはおろか、ただのAクラスでもおぼつかない。くどいようだが、ぼくたち一家がアンを手に入れたのは、ひとつの奇跡《きせき》というほかはない。それなのに、ケイはそれをどうしても理解《りかい》しようとしなかった。子どもの反対はまだいい。しかし、ケイのこのばかげた無理解《むりかい》ぶりは、ぼくに新しい眼《め》で彼女《かのじょ》を見直させるのにじゅうぶんだった。実に女ほど度《ど》しがたいものはないのだ。

アンが家に着いたとき、ぼくはひとりで出迎《でむか》えた。子どもたちは各自の部屋にひっこんですねていたし、ケイも、ぼくの説得の甲斐《かい》なく、かたくなに居間《いま》の椅子《いす》に坐《すわ》ったきりだった。ぼくの気分は、お義理《ぎり》にもたのしいなどといえたものではなかった。ハナが車の窓《まど》からふとった赤ら顔をつきだすのを見て、ぼくはノロクサと玄関《げんかん》の前の石段《いしだん》を降《お》りていった。

「おーい、リュウ」

と、ハナはどなり、伴奏《ばんそう》に警笛《けいてき》をブーブー鳴らした。

「さあ、このレディを迎《むか》えてやってくれ！」

「わざわざすまないな、ハナ」

「なに、いい気分さ。花嫁《はなよめ》を送りとどけるみたいなもんだ」

あまりタイミングのいい冗談《じょうだん》ではなかった。ぼくはこわばった微笑《びしょう》をうかべた。花《はな》嫁《よめ》を迎《むか》えるどころか、抗議《こうぎ》デモがはじまりそうなあんばいなのである。ハナは上機嫌《じょうきげん》だった。

「すごい美人だろう、どうだい！　あんたに渡《わた》しちまうのが惜《お》しいよ、まったくのところ」

美人と呼《よ》ぶのがふさわしいかどうかさておき、人間の水準《すいじゅん》でいうのなら、まったくその通りだった。ロボット特有のかたい表情《ひょうじょう》から容易《ようい》に見わけはつくのだが、白蠟《はくろう》のようななめらかな肌《はだ》のきめ、彫《ほ》りのふかい目鼻だち、セットしたてのような栗色《くりいろ》の髪《かみ》、すべて特Aクラスのとびきり豪華《ごうか》な容貌《ようぼう》をそなえていた。マスプロの出来《でき》あいではない。すべてカスタムのロールスロイスじたてだ。ぼくの悩《なや》みごとはどこかにふっとんでしまった。中古も、他人の手垢《てあか》もなにもあったものではない。

「ほんとに、これが例のあれか？」

ぼくの声はしわがれてしまっていた。ハナは笑って車を降《お》り、後部のドアをあけた。

「いざ、おでましあれ、花嫁《はなよめ》よ」

特Aロボットは言葉にしたがった。

「これにあるが汝《なんじ》の夫、両人とも終生《しゅうせい》の愛を誓《ちか》うや？」

ハナの他愛《たあい》もない冗談《じょうだん》に、ぼくは耳をかさなかった。およそ人間の創造《そうぞう》したもので特Aロボットほどみごとなものはない、とぼくは思う。人によってはそれが車だったり、ヨットだったりするが、ぼくにあっては断然《だんぜん》特Aクラスロボットだ。芸術《げいじゅつ》と科学が微妙《びみょう》に止揚《しよう》した極点、それは単なる芸術《げいじゅつ》の粋《すい》、科学の花以上のものなのである。ぼくは息をつぐのも忘《わす》れたようになって、彼女《かのじょ》を見つめた。その眼《め》は紫色《むらさきいろ》だった。うつくしいスミレの色なのだ。着ているドレスは油じみと泥《どろ》でよごれていたが、ぼくの心はそんなことに関わりを見いだせなかった。ちいさいかたちのいい足がまったくの素足《すあし》だということに、注意をひきつけられたからだ。

「彼女《かのじょ》は――はだしじゃないか！　靴《くつ》もはかせないでどうしたんだ？」

ぼくはハナをなじった。

「傷《きず》でもつけたらどうする」

「よせよ、彼女《かのじょ》はハイ・プラスティック製《せい》だぜ。クギなんかで踏《ふ》みぬいたりするほどヤワじゃないよ」

「それにしたって、はだしはひどい」

ハナの理屈《りくつ》がもちろん正しかった。弾力《だんりょく》に富《と》んだハイ・プラスティックは、鋼鉄《こうてつ》以上に丈夫《じょうぶ》なのである。しかし、白い素足《すあし》はいかにもいたいたしかった。赤《あか》ん坊《ぼう》の足よりももろく、やわらかそうに見えたのだ。

「なんなら靴《くつ》でも買ってやるさ、ロボットがよろこぶものならね。それより彼女《かのじょ》の名前を聞いてみろ、おもしろいぜ」

ぼくはそうした。彼女《かのじょ》は抑揚《よくよう》を欠いたしずかな声ですぐさま答えたが、ぼくはショックと恥《は》ずかしさであかくなった。ワイセツで卑俗《ひぞく》な、昔ながらの、ちょっと人前で口に出せない言葉を特Aロボットの口から聞こうとは。

「いったいこいつはどうしたっていうんだ」

ぼくはまたぞろハナに食ってかかった。

「こんないやらしい言葉をロボットに教えやがって、恥《はじ》を知れ！」

「おれのせいじゃないよ」

ハナは肩《かた》をすくめた。

「前の持ち主がやったのさ。ともかくその名が気に食わなかったら、新しいのをやればいいじゃないか」

ハナは実際的《じっさいてき》な男で、いうことは、いつも理にかなっている。ぼくは卑劣《ひれつ》な前の所有者を呪《のろ》いながら、大急ぎでロボットに命令した。

「いいか、そんな名前はいますぐ忘《わす》れるんだ。ぼくが新しい名前をあげる。きみの名は――」

ぼくは詰《つ》まった。ロボットの紫色《むらさきいろ》の瞳《ひとみ》が熱心にぼくを見つめていたからだ。とっさにひょいと浮《う》かんだ名前を口に出した。

「きみの名前はアンだ、いいね！」

「わかりました、旦那《だんな》さま」

と、アンが答えた。べつに深い考えがあってのことではないが、あとから思いおよぶと、まずいことをしたのである。アンは、かつてのぼくの恋人《こいびと》の名だったし、ケイもそれを知っていたからだ。

「こっちへおいで、アン。そのきたない服をなんとかしなくちゃ」

すなおにアンはしたがった。特Aロボットの動作をながめるのはたのしいものである。その動きは舞台《ぶたい》のバレリーナの滑《なめ》らかさにはおよばないにしろ、楽屋裏《がくやうら》のバレリーナよりぎこちないとはいえない。が、この場合はそうではなかった。

アンの動作は、いつも正確《せいかく》なハーモニーを誇《ほこ》る演奏中《えんそうちゅう》のクインテットの一楽器がとんでもない音を立てる感じを想《おも》わせた。はっとしてぼくはハナをふりむいた。

「これは――びっこじゃないか！」

ハナの顔つきは、ぼくの仰天《ぎょうてん》ぶりに当惑《とうわく》しているようだった。

「あんたにいわなかったかな、リュウ。このロボットには、多少不都合《ふつごう》な点があるって」

「しかし、きみはびっこだとはいわなかったぞ！」

ハナがぼくをペテンにかけたのはあきらかである。むろん悪意あってのことではないだろう。しかし、ぼくの滑稽《こっけい》なほどの驚愕《きょうがく》ぶりに、ハナはいそいで弁解《べんかい》をはじめた。

「ほかにはどこも悪いところはないんだ。ただ右膝《みぎひざ》がちょっとまがらないだけだよ。電子頭脳《でんしずのう》も、ほかの機能《きのう》も新品同然だ、ウソじゃないぜ――」

アンがキズ物で、まぎれもないかたわだという事実を伏《ふ》せておいたのは責《せ》められるにしても、ハナの説明ももっともだった。Cプライスで新品同然の特Aクラスを手に入れられると単純《たんじゅん》に思いこんだこっちも、いささか虫がよすぎたのだ。

アンは前の持ち主に車をぶつけられたのである。あとでアンが話したのだが、前の持ち主はなんとも虫の好かないいやらしい野郎《やろう》で、どうやら女を痛《いた》めつけるのが好きなサディストの変態野郎《へんたいやろう》らしかった。人間の女に果たせない胸《むね》の悪くなる欲望《よくぼう》を、特Aロボットの上にみたしたのだ。たんまり持っている金にあかせて、女性型《じょせいがた》ロボットをごっそり買いこみ、邪悪《じゃあく》な悦楽《えつらく》にふけっていたらしい。ロボットに対する残虐行《ざんぎゃくこう》為《い》はべつだん法に抵触《ていしょく》しない。アンに高速で走っている車をぶつけたのも不注意からではなかった。逃《に》げようとするアンを追いつめ、大笑いしながら——やったのである。聞いているぼくはたぎりたつ憤怒《ふんど》に震《ふる》えた。それは人殺しよりも悪質《あくしつ》だ。ロボットは決して抗《あらが》ったりしない。無抵抗《むていこう》のロボットをいじめるぐらいやさしいことはないのだ。それは外道《げどう》のふるまいである。

アンは五十メートルもふきとばされた。人間ならちぎれて即死《そくし》するところだ。ハイ・プラスティックの身体《からだ》だけがそのおそろしい衝撃《しょうげき》に耐《た》える。が、無傷《むきず》ではすまなかった。膝関節《ひざかんせつ》の精密《せいみつ》きわまりない金属筋肉組織《きんぞくきんにくそしき》をやられたのである。こうなると特Aロボットの修理《しゅうり》は大ごとだ。そこらの街工場の手に負えるものではない。本工場へ送って脚《あし》一本交換《こうかん》しなければならない。それには莫大《ばくだい》な修理《しゅうり》費《ひ》をとられる——単純《たんじゅん》な部品交換《こうかん》のきかない特Aクラスの最大の泣きどころである。それで前の所有者——きたない変態野郎《へんたいやろう》は、とほうもないことに、アンにあっさり見切りをつけてしまった。スクラップ工場へ送ることにしたのだ。高価《こうか》な電子頭脳《でんしずのう》もろとも、アンは溶《と》かされてしまうところだったが、スクラップ工場の管理主任《かんりしゅにん》をやっているハナが、その危難《きなん》をすくった。そして前から新しいロボットを欲《ほ》しがっていたぼくに世話してくれたのである。

ともかく、ハナに感謝《かんしゃ》こそすれ、とやかくいうすじあいではなかった。アンのびっこさえ我慢《がまん》すればよかったのだから。ハナはぼくが納得《なっとく》したので安心したようだった。

「アンに着替《きが》えさせるのはいいが、あんたはそばにいないほうがいいぜ、リュウ」

「なぜだい?」

「アンはレディだからさ。ま、興味《きょうみ》があるんならしらべてみるんだな」

笑って、ハナは車を走らせていった。ぼくはあとになってようやく、その意味するところをさとった。前にもいったように、特Aクラスは注文じたてだ。そして、例のサディスト野郎《やろう》は、じゅうぶん念入りにアンをつくらせたのである。アンの身体《からだ》の暗《あん》示《じ》はいやらしい目的をひそませていた。妻《つま》のケイがアンをきらったのは、そんなところにあったのかもしれない。しかしそれにしたって、アンの責任《せきにん》ではなかったのである。

家族のアンへの反感は予想以上のものだった。その一致団結《いっちだんけつ》した白眼視《はくがんし》たるや、あっけにとられるほどなのである。ことごとに居《い》つきのロボット、ミリーを盾《たて》にとり新参《しんざん》のアンを排斥《はいせき》した。機能《きのう》からすればミリーはアンの比《ひ》ではない、特Aロボットほど気がきいて、器用で誠実《せいじつ》な召使《めしつか》いはいないのだ。

あきらかに、子どもたちの反抗《はんこう》はぼくの専横《せんおう》ぶりに向けられているのだった。時がたてばケロリと忘《わす》れて、てのひらを返したようにアンを重宝《ちょうほう》がるにきまっていた。たいして気にもならなかったが、どうにも我慢《がまん》ならないのはケイのやり口だった。ケイは決してアンを使わないばかりか、子どもたちにまでそれを徹底《てってい》させた。家庭にアンをなじませまいと、故意《こい》に疎外政策《そがいせいさく》にでたのである。その狭量《きょうりょう》さをなじると、ケイは猛然《もうぜん》と反撃《はんげき》してきた。

「あたしはあのロボットがきらいなのよ。わかって？　だいっきらいなの。あいつがあたしの家をわがもの顔で歩いてると思うと、ぞっとするのよ！」

「だってケイ、アンはなにもわるいことなんかしてないじゃないか。優秀《ゆうしゅう》なサーバントなんだ。きみに使われるためにつくられているんだぜ」

ぼくが異議《いぎ》をとなえると、

「あいつが？　冗談《じょうだん》じゃないわよ！　人間みたいな顔をした化物じゃないの。それにもうあいつは、たっぷり役に立つことをやってくれたわよ。あたしたちの家庭をみごとに破壊《はかい》したじゃないの！」

手に負えるものではなかった。

「あなたこそ、あのびっこのどこがいいっていうのよ。よりによってびっこのロボットだなんて、体裁《ていさい》が悪いったらありゃしない！」

あらゆる説得がムダであった。ケイはぼくが我《が》を通したことをひどく怨《うら》みに思っていたらしい。大枚《たいまい》はたいた特Aロボットがびっこだとわかったときの冷笑《れいしょう》とあてこすりは、とめどのない怨《うら》み言《ごと》とかわったが、それも是非《ぜひ》なく孤立《こりつ》したぼくがアンをつれて仕事場へひっこんでしまったからである。ぼくに分《ぶ》がないのはあきらかだった。三人の子どもと妻《つま》を敵《てき》にまわした男に、もう家庭はないのである。アンもかわいそうだったが、ぼく自身もはなはだ憐《あわ》れだったのだ。

「あのいやらしいロボット、いやらしい！」

と、ケイは息を詰《つ》まらせてさけんだ。ぼくがなだめようと近づくと、眼《め》をぎらぎら光らせて身を遠ざけた。

「近よらないで、あなただっていやらしいわ。いったいあいつと、仕事場でなにをしてるかわかったもんじゃないわ！」

「なにをいうんだ、おまえ――」

その疑《うたが》いがあまりにもすさまじかったので、ぼくは絶句《ぜっく》してしまった。

「まさか、おれとアンが……」

「そうよ、朝から晩《ばん》まで、アン、アン！　かわいいアン！　すてきなアン！　一秒だって、あいつを手ばなさないくせして、あたしが意地悪してアンを使わないもヘッタクレもあって？　そんなにアンがかわいければ、あたしとわかれて結婚《けっこん》したらどうなの！」

いいつのったらきりがない。ぼくは出て行って仕事場にもどった。アンの名を口にするケイの口調があまりに毒々《どくどく》しく憎悪《ぞうお》に濡《ぬ》れているので、さすがにぼくもさとったのだ。なんと、ケイは女としてアンに嫉妬《しっと》しているのだった。事態《じたい》はとほうもない様相《ようそう》を呈《てい》してきたのである。

心をかきみだされ、仕事が手につくどころではなかった。ぼくは仕事場の簡易《かんい》ベッドにころがった。ケイと仲違《なかたが》いして以来、ずっとここに寝泊《ねと》まりしていたのだ。

頭がわれそうに痛《いた》んだ。これは心の痛《いた》みだった。十年間、ぼくとケイはこれほど本格的《ほんかくてき》に互《たが》いに離反《りはん》したことはなかった。いまのケイはこれまでぼくが愛し、知りつくしていた女とは別人のようだった。まるきり見も知らぬ女になってしまっていた。

アンが心配そうに、そばへ寄《よ》ってきた。やむなく仕事の助手をさせているアンを椅《い》子《す》に寝泊《ねと》まりさせていた。(もとよりアンは二十四時間立っていても平気なのだが)仕事の助手にあたっても彼女《かのじょ》は優秀《ゆうしゅう》だった。

ぼくは木材をけずって、机《つくえ》や椅子《いす》をつくり、そのほか木製《もくせい》家具をあつかう個人製作《こじんせいさく》家《か》なのだ。マスプロの家具に人々が飽《あ》きた昨今《さっこん》では、凝《こ》った仕上げの個人《こじん》作品はいい金になった。木工芸家としてぼくの腕《うで》は並《な》みだが、助手のアンはたいしたものだった。工具の整備《せいび》をあつかわせるばかりでなく、最近は、荒《あら》けずりの工程《こうてい》を彼女《かのじょ》にまかせても安心していられた。そのほか、ぼくの身のまわりの世話を、アンは実にまめまめしく心をこめてやってくれていたのだ。

「どうかなさったのですか、旦那《だんな》さま?」

アンのスミレ色の瞳《ひとみ》がじっとぼくをみつめた。ケイがこのアンに嫉妬《しっと》の炎《ほのお》を燃《も》やすのも当然のことかもしれなかった。ぼくは虚《うつ》ろにほほえんだ。

「心配しないでいいよ、アン。世の中に悩《なや》みごとはつきないもんだからね。わかるかい?」

アンは頭をかしげて考えこんだ。

「わかりませんと申しあげるのが正しいと思います、旦那《だんな》さま。でもそうとばかりもいえないのです」

「わからないに越《こ》したことはないよ。ロボットのきみまでが人間の苦悩《くのう》を背負《せお》いこむ必要はない」

「はい、旦那《だんな》さま」

すなおで心やさしいアン。ロボットにそんな形容《けいよう》をあたえることはまちがっているだろうか?

「お茶でもお入れしましょうか?」

「ああ、たのむ。ありがとう、アン」

子どもたちがアンを迫害《はくがい》するのは、まさかケイのさしがねではなかったろうが、癇《かん》にさわることのひとつだった。

「やーい、ビッコ！」

と、はやしたてるのだ。もっとも子どもらしいやり口だが、やがて人間ならいざ知らず、それくらいの侮蔑《ぶべつ》ではロボットに効果《こうか》はないとさとったようだった。今度は石ころをぶつけて、かん高い声で口々にわめくのである。ロボットをいじめるとは、なんともなさけないことだった。

九歳《さい》になる長男のジョー、六歳《さい》のミツオ、五歳《さい》のトモコまでが髪《かみ》ふりみだして、小《こ》悪魔《あくま》のように興奮《こうふん》にまっかな顔をして、アンに小石の雨を浴びせるのだった。ぼくがにがにがしい顔を見せると、すばやく逃《に》げていってしまうのだが、遠くから幼《おさな》いののしり声がきこえてくる。

「やーい、ビッコ、バカ、デテイケ！」

ぼくはこぶしをかため、てのひらを殴《なぐ》って、憤怒《ふんど》の爆発《ばくはつ》をおさえるのだった。ぼくの眼《め》のとどかないところでは、隣《とな》り近所《きんじょ》の子どもまで加えておおっぴらに侮辱行為《ぶじょくこうい》をはたらくようだった。アンを使いに出すと、きまって服から顔まで泥《どろ》でよごし、帰ってきた。訊《き》かなくても察しがつくというものだ。かりにも大人の女性《じょせい》のかたちをしたアンに、ちいさな子どもたちが、よってたかって泥《どろ》や石を投げつけ、蹴《け》ったり髪《かみ》をむしったりするのだ。アンが抵抗《ていこう》しないので、彼《かれ》らは図にのったらしく、帰ってきたアンは服をやぶかれ、ざんばら髪《がみ》の見るもみじめな姿《すがた》だった。しかりつけようにも、最近では父親のぼくを公然と敵視《てきし》しだした彼《かれ》らは寄《よ》りつこうともせず、ぼくを見かけると一目散《いちもくさん》に逃亡《とうぼう》する始末《しまつ》だ。部屋に踏《ふ》みこむこともできるが、仕事場以外はケイの領土《りょうど》である。ぼくは仕事部屋から他への行き来をいっさいやめていた。いけないことはわかっていたが、ケイの疑《うたぐ》りぶかい眼《め》を見、はてしのない愚痴《ぐち》と非難《ひなん》を聞くのはまっぴらだったのである。必然的にぼくとアンの結びつきはふかまった。申しぶんのないアンのサーヴィスを受けて、ケイを必要としないですむのもよくなかったようだ。

アンの顔の泥《どろ》をぬぐいとってやりながら、ぼくはやり場のない怒《いか》りに燃《も》えるのだった。

「なんてこった、なんてこった。かんべんしてくれよ、アン。ぼくのほうがもっとみじめなんだ、わかってくれるね？」

「ええ、リュウ。気になさらないでください。わたしはロボットなのですから、なんでもありません」

旦那《だんな》さまと呼《よ》ばせるのを、ぼくはやめさせていた。ケイへの反感から、アンを友人として遇《ぐう》することにしたのだ。そればかりでなく、特Aロボットがいかに人間に近くつくられているかわかったからである。電子頭脳《でんしずのう》の構造《こうぞう》についてはほとんど知らないが、特Aロボットのそれが、どれほど人間に近似《きんじ》した考えかたをし、感じかたをするかおどろくほどである。アンは否定《ひてい》するが、侮辱《ぶじょく》されたときの彼女《かのじょ》のようすから、ロボットだってかなしんだり悩《なや》んだりできるのだとぼくは信じるようになった。

仕事部屋に立てこもったために、立体テレビを見るたのしみは失われたが、アンのような相手をめぐまれて大いにすくわれた。どんな人間でもアンほどこまやかな気遣《きづか》いを他人に持つことはできないし、誠意《せいい》にみちた存在《そんざい》にはなれないだろう。アンとの結びつきは、ぼくと妻《つま》たちの敵対化《てきたいか》をひとしお深める結果となったが、ぼくはわりあい平気でいた。表面的には、ケイと和睦《わぼく》すべきだと、ときたま考えたが、それはぼくの本音ではなかった。どんな女を妻《つま》にしても、ひとたびアンを知れば遠い存在《そんざい》になってしまう。それでも、ぼくがケイに対して負い目を感じていたのはたしかだ。ぼくはまだケイの夫だったからである。

しかし、まもなくぼくは、そんな負い目がなんの意味もなく、夫婦《ふうふ》のつながりも、子どもというきずなも、むなしい形骸《けいがい》にすぎないことを知った。

子どもたちがアンを迫害《はくがい》していたことはすでに書いた通りだ。ぼくは誤解《ごかい》していた。子どもたちがしつこくアンをいじめるのは、父親を見知らぬロボットにうばわれたという怨恨《えんこん》からだと思っていたのだ。あるいは母親のケイの感情《かんじょう》の反映《はんえい》かと——それがみごとにくつがえされる情景《じょうけい》を目撃《もくげき》したのである。

子どもたちはいまやアンを手ひどくいじめることをたのしんでいるのだった。アンはかなりひどいびっこをひく。彼《かれ》らはほそいロープで地面に罠《わな》をしかけた。そしてなにくわぬ顔でアンを誘《さそ》いこんだ。もちろんアンに謀《たくら》みを疑《うたが》ったりできるはずがない。罠《わな》に踏《ふ》み入《い》るのを待ちかまえてびっこの脚《あし》にひっかけ、三人でひっぱった。アンは倒《たお》れた。それを歓声《かんせい》をあげながらひきずりまわし、庭木に、アンを宙《ちゅう》づりにしたのだ。そしてアンの顔を蹴《け》りながら笑い声をあげた。アンにその気さえあれば、蟻《あり》をはらいのけるように、三人ともかたづけられたろう。アンにはできないのだった。屈辱《くつじょく》に泣くこともできないのだった。アンはなすがまま顔を人間の恥知《はじし》らずの足に踏《ふ》みにじられていた。

くるいたつほどの激怒《げきど》がぼくの心をひきさいた。逆上《ぎゃくじょう》してとびだすと、逃《に》げおくれたジョーをつかまえ、殴《なぐ》りつけた。泣きわめくのもわすれるほど、ジョーはこっぴどく折檻《せっかん》された。ケイがはだしでとびだしてきて、ぼくから子どもをひきはなした。身体《からだ》をふるわせ、顔はまっさおで、眼《め》は憎悪《ぞうお》に燃《も》えたっていた。

「はずかしくないの、子どもをこんな目にあわせて――けだもの！」

なんの恥《は》じるところもないとぼくはいいかえした。おそらくぼくの形相《ぎょうそう》もケイに負《ま》けず劣《おと》らずだったろう。

「おれの子はサディストだ！」

ぼくは苦悶《くもん》にわななき、恥辱《ちじょく》にまみれ、必死に声を絞《しぼ》りだした。

「罪《つみ》もないロボットをいじめてよろこぶ卑劣《ひれつ》なガキなんだ！　わかってるのか、ケイ、おれたちの子はサディストの外道《げどう》なんだ。おれははずかしい――」

いいおわらないうちに、ケイはぼくを力いっぱい殴《なぐ》った。平手ではなく、かたく握《にぎ》りしめたこぶしで。

「なんてことをいうの！」

ケイは憤然《ふんぜん》とさけんだ。

「父親らしいことはなにひとつしないでいて、たかがくだらないロボットにいたずらしたくらいで、死ぬほどぶつなんて！」

「ロボットは小指いっぽんあげることもできないんだぞ！」

ぼくは我《われ》を忘《わす》れてわめいていた。

「子猫《こねこ》をいじめるのとおんなじじゃないか！　そんなやつは人間の恥《はじ》さらしだ、人間のクズだ、人殺しより外道《げどう》だ。いっそ死んじまえばいいんだ！」

「まあ」

ケイは息をのんだ。みるまに完全に見知らぬ他人の顔がそこにあった。すごいほど眼《め》が据《すわ》っていた。

「それじゃ聞くけど、あんたはなんなの？　人間よりロボットを大事にしてけがらわしい真似《まね》をしてるくせに、よくも立派《りっぱ》な口がきけるわね。あんたはきちがいだわ、ロボットよりわるいわ」

落ち着きはらって彼女《かのじょ》はいった。極度の興奮《こうふん》が底知れぬ平静さをよそおっているのだった。

この誹謗《ひぼう》は、ぼくの忍耐《にんたい》の外にあった。があーんと耳が鳴って、妙《みょう》な非現実感《ひげんじつかん》がぼくをとらえた。ぼくは、ただまじまじと彼女《かのじょ》をながめた。彼《かれ》らはぼくと無縁《むえん》の人間たちだった。一度も行きずりにすら顔を見たこともなく、語りあったこともなかった。ぼくはアンを見た。なつかしさで心がみたされ、異邦《いほう》で知人に会ったようだった。アンこそぼくの唯一《ゆいいつ》の親しいものなのだ。

「いいとも、きみがその気なら――」

自分の声までが遠くうつろに他人の声のようにひびいた。

「でていって。さあ、でていって！」

見知らぬ女が口をきいた。

「そのいやらしいロボットをつれて、さっさと行ってしまって」

ぼくは肩《かた》をゆすった。ともかくこの居心地《いごこち》のわるいところから、立ち去れるのはありがたかった。

「二度と顔を見せないでもらいたいわ」

「いいとも。さあ、アン、行こう」

ぼくとアンは仕事場にもどり、そそくさと、持てるだけの身のまわりのものをかきあつめ、車に乗って出発したのだった。どこへ？　行く先なんかなかった。それでもかつての我家《わがや》をぼくは一度もふりむかなかった。そう、一度も。

ぼくは、腰《こし》を折って、ベッドに眠《ねむ》るアンの上にかがみこんだ。いっさいを忘《わす》れてアンは眠《ねむ》っていた。ぼくは指をやさしくアンの頬《ほお》に這《は》わせた。

「眠《ねむ》るんだ、アン」

ぼくはそっといった。アンはその眠《ねむ》りのなかで夢《ゆめ》みるだろうか。そこでアンは純真《じゅんしん》な少女であり、あどけなく笑い、悲しければ泪《なみだ》をながすだろうか。金属《きんぞく》とプラスティックの檻《おり》から解放《かいほう》されて、アンは愛の唄《うた》をうたうだろうか。アンの夢《ゆめ》みる心のなかにはキラキラかがやく永遠《えいえん》の青空があって、彼女《かのじょ》を蔑《さげす》む眼《め》もなく、罵《ののし》る野蛮《やばん》な人間の声もなく、彼女《かのじょ》は陽光のように自由であり、澄《す》んだ水たまりのように平和であろう。彼女《かのじょ》はだれも傷《きず》つけず、だれからも傷《きず》つけられもしない。微笑《ほほえ》むことのできる唇《くちびる》は、愛するものにくちづけするだろう。ぼくもそのなかに住んでいればいい。ぼくたちは尊敬《そんけい》しあう恋人《こいびと》同士のように敬虔《けいけん》な心を眼《め》にのぞかせ、手をむすんで歩くのだ。

眠《ねむ》るんだ、アン。苦悩《くのう》のうちに醒《さ》めることのない眠《ねむ》り姫《ひめ》のように。ぼくがおまえをみとっていてあげよう。いつかおまえは眼《め》をあけて、おまえを愛する心を、眼《め》に、唇《くちびる》に、みなぎらせた恋人《こいびと》の顔を見あげることになるだろう。

それまでぼくは待っている。

ヴォミーサ

小《こ》松《まつ》左《さ》京《きょう》

1

ぼくたちは、その夜、数日前の落雷《らくらい》の話をしていた。

ぼくたち、というのは例によって、ぼくと、エドとキャロルの三人、場所も例によって、スナック〝ベビイ〟だった。

火曜日の晩《ばん》で、〝ベビイ〟はすいており、ぼくたち三人のほかに、カウンターのむこうのすみっこに、知らない中年のお客が一人、半分のこしたピザの皿を前にして、ひっそりとコーヒーをのんでいるだけだった。通りがかりの客らしい。外にレンタカーが一台おいてあった。眼鏡《めがね》をかけ、鼻筋《はなすじ》の細い、おとなしそうな顔つきの紳士《しんし》で、ゆっくりコーヒーをのみ、細巻葉巻《シガリロ》をくゆらし、週刊誌《しゅうかんし》を丹念《たんねん》に読んでいた。——入口ちかいテーブルでぺちゃくちゃ競馬《けいば》の予想をしゃべっていた、町のあんちゃん風の二人がぼくたちと入れちがいに出て行ったあと、ぼくたちのほかにはその紳士《しんし》しかいなかった。外は曇《くも》っていて、数日前の大雷雨《だいらいう》のなごりのようにうっとうしい雲の下で、時おり口《くち》こごとのような遠雷《えんらい》がひびき、よわい稲妻《いなずま》が地平の山々のシルウェットを間欠的《かんけってき》にうかび上らせていた。

ぼくたちは、ほかの客がすわっていない時はいつもそこを占《し》める、カウンターの一番奥《おく》に腰《こし》をおろして、店にはいる前からしゃべっていた、例の落雷《らくらい》の話のつづきをはじめた。——なにしろ、それほど異様《いよう》な事件《じけん》だったのだ。

「で、測候所《そっこうじょ》や気象台は、どういってるんだい?」

とエドはコーンパイプをとり出しながらぼくにきいた。

「まだ何も発表していないよ。調査《ちょうさ》をつづけているらしいけど——中央気象台の方じゃ、季節のかわり目によくある雷雨《らいう》とはいえ、あいつだけは〝史上まれなる例である〟とは言っているけどね」

「そんな事、わかってるわよ」とキャロルは肩《かた》をすくめた。「あんなふしぎな雷《かみなり》、はじめてみたわ。——あなただって見たんでしょ? イシ……」

「見てないやつの方がすくないんじゃないかな。——妹が一番先に見つけて、家中のものがとび出した。まったくたまげたよ。みんな、大流星がおっこって来たのか、と思ったくらいだ」

「やっぱり球雷《きゅうらい》の一種なんだろうね。どうだい？」

「まあ、ほかに考えられないな」ぼくは鼻の頭をかいた。「でも、球雷《きゅうらい》なるものの構造《こうぞう》や成因《せいいん》はよくわかっていないしね。——目撃例《もくげきれい》だってきわめてすくないんだ。ぼくだって見たのははじめてだ」

「私《わたし》はこれでも、二度ほど見てるの。この間ので三度目だけど、あんな大きなの、はじめて見たわ。——ほんとに、月の何十倍もの大きさの、青白い光の球が、ふわーっとおっこって行ったんですものね」

「月の何十倍は大げさだよ」とエドは笑った。「地上に近い物体は、特に夜、光ってると、うんと大きく錯覚《さっかく》するものだ。——実際《じっさい》は視直径《しちょっけい》にして、月の倍程度《ていど》じゃなかったかな。それにしても、ものすごい光景だったよ。ここらへんじゃ、もっと大きく見えたんじゃないかね。何しろ、あんな遠くの山の上から、それほど大きく見えたんだから……」

「それも土砂降《どしゃぶ》りの雨を通してね」キャロルは思い出してもぞっとする、という風に、眉《まゆ》をしかめて首をふり、舌《した》をつづけさまに鳴らした。「ほんとにキャンプはさんざん……パンティまでぬれちゃうし、まあ、あの時の尾根《おね》の雷《かみなり》ったら！——まわりにドンドンバリバリって、やたら火柱がたつんですもの。まったく生きた空はなかったわ。雷《かみなり》の絨毯爆撃《じゅうたんばくげき》ってのには、はじめて出会ったわ」

「よく生きてかえれたね」とぼくは笑った。「町で見てると、山の方に、空からすごい火柱がひっきりなしにつきささるのが見えていた。——じゃ、ちょうどそこに君たちがいたんだな」

「ところで、バーテンダーはどうしたんだ？」エドはコーンパイプをふかしながら、カウンターごしに、奥《おく》の調理場の方をのぞいた。「えらく客あつかいが悪いじゃないか」

「マックス！」とキャロルが奥《おく》へむかって叫《さけ》んだ。「いるの？」

奥《おく》で物音がして、白い服を着たバーテンダーがのっそりあらわれた。——マックスと同じぐらい大きかったが、マックスではなかった。

「いらっしゃい……」とバーテンダーは、もそもそした声でいった。「何をさし上げます？」

「マックスは？」

キャロルはけげんそうにきいた。

「配置がえです」と、新しいバーテンダーは、ぼそぼそ言った。「きのうから、私《わたし》がきました。エリックといいます」

「そうか——そう言えば先週、マックスがそんな事言っていたっけ」エドは思い出したように、カウンターをぴしゃりとたたいた。「すると君がこれからマスターってわけだね、エリック……。よろしく。ぼくらはみんなずっとここの常連《じょうれん》なんだ。ぼくはエド、それから妻《つま》のキャロルだ。それから友だちのイシ……」

「よろしく……」とエリックは眼《め》を伏《ふ》せるようにして言った。——相かわらず口の中でつぶやいているような言い方だった。

「私《わたし》に、アンチョビーのピザをちょうだい」とキャロルはいった。「玉ねぎはいれないでね。わかってるでしょ。――それとコーヒー……」

「ぼくはバーガーだ」とエドはコーンパイプを靴《くつ》の踵《かかと》にたたきつけながらいった。「パンは、少しこげ目がつくくらい焼いてくれ。スライスド・オニオンにからしをたっぷり、ケチャップじゃなくて、バーベキューソースだ。――マックスから、申し送りをうけているんだろう……飲物は黒ビール」

「こちらはホットドッグ……」とぼくは言った。「からしとピクルスをたっぷり……それから飲物は……」

「ルートビールでしたね。イシさん……」

キャロルは、ぷっ、とふき出した。

「マックスたら！――いったい何年前の好みを申し送って行ったの？」

「いいんだ……」ぼくは少し赤くなって、にやにや笑った。「ルートビールをくれ。

——だけど今じゃ、バーボンだってのむんだぜ」

エリックという新しいバーテンダーは、むすっとした顔で奥《おく》へひっこんだ。

「ずいぶんおかしなバーテンね」とキャロルは口をとがらした。「感じ悪いわ。——マックスの方がずっとよかった」

「まだ慣《な》れてないんだろう」とエドがとりなし顔でいった。「職業訓練所《しょくぎょうくんれんじょ》で訓練うけて、すぐこっちへ来たんだ。——きっとここが初仕事なんだよ」

「それにしたって、もうすこし愛想《あいそ》をよくすべきよ」とキャロルはいった。「このごろ、訓練コードでもかわったのかしら」

「ところで、あの球雷《きゅうらい》がおちて——被害《ひがい》はあったのかい？」

「かなりあったらしいね」と、ぼくは言った。「このあたり一帯、十分間ぐらい停電した……」

「それだけかい？」

いいや、と首をふって、ちょっとの間、話す事をまとめようとした。——エドとキャロルは、今日の夕方、週末旅行から帰って来た所だった。このごろの流行で、キャンプには、ポータブルのテレビもラジオも、テーププレイヤーも持って行かない。ただ、地方緊急《ちほうきんきゅう》チャンネル――それは天候急変の際《さい》の気象《きしょう》注意報《ちゅういほう》もはいるようになっている――だけキャッチできるトーク・バック付きの特殊《とくしゅ》ラジオだけは持って行くが、これではくわしいローカル・ニュースは聞けないから、彼《かれ》らは雷《かみなり》の被害《ひがい》について、ぼくの口からいろいろききたがった。

「球雷《きゅうらい》が直撃《ちょくげき》したのは、岡《おか》の上の工場だ……」と、ぼくは説明した。「くわしい発表はまだない。――だが、工場の避雷器《ひらいき》はほとんどぶっこわれたって話をきいた。工場の変電所じゃ大型変圧器《おおがたトランス》が二つ爆発《ばくはつ》して火災《かさい》をおこし、建物の中の高圧送電系統《こうあつそうでんけいとう》が、何箇所《なんかしょ》か絶縁破壊《ぜつえんはかい》を起して溶《と》けちまった。建物の火災《かさい》は免《まぬ》がれたが……まあ何しろ、この地方じゃ、あんなものすごい雷《かみなり》ってのは、ちょっと例が無いからね。避雷設備《ひらいせつび》だって、いささか甘《あま》いものだったらしい。工場の被害調査班《ひがいちょうさはん》のメンバーにきくと、瞬間《しゅんかん》最大電流は、局所的に三〇〇キロアンペアから、四〇〇キロアンペアもあったらしいよ」

ヒュウ！――とエドが口笛を吹《ふ》いた。

「そりゃすげえ！――直撃雷《ちょくげきらい》の最大電流は、どんなにすごくても、一〇〇から二〇〇キロアンペアだ、ときいてたがな」

「ふつうは三〇から四〇キロぐらいなものよ」とキャロルが口をはさんだ。「三〇〇キロアンペアをこえるなんて、それ自体が例外的だわ。もし本当だとしたら、直撃雷《ちょくげきらい》サージの世界記録かも知れないわ」

「避雷器《ひらいき》についていたサージ電流《でんりゅう》記録装置《きろくそうち》によると、落雷《らくらい》後三マイクロセカンドで最大四二〇キロアンペアに達し、そのあと、三〇～四〇マイクロセカンドの時、三五〇キロぐらいの逆電流《ぎゃくでんりゅう》が流れている。――測候所《そっこうじょ》のボイズ・フィッシャーカメラのとった写真を見たけど、すごかったぜ。逆電流《ぎゃくでんりゅう》の時は、工場の一番高い塔《とう》の避雷針《ひらいしん》から空中へ、また、球雷《きゅうらい》が噴《ふ》き上ってるんだ。建物の屋根から地上へのアーク放電や、塔《とう》全体のグロー放電もうつっていた」

「それじゃ、工場の制御系《せいぎょけい》なんかも、被害甚大《ひがいじんだい》でしょうね……」とキャロルが眼《め》を見開いていった。「機械類は？——何ともなかった？」

「それがね——まったく全自動操業《ぜんじどうそうぎょう》システムってのは、タフなもんだね……」ぼくは奥《おく》から皿を持って出て来たエリックを眼《め》で追いながら話をつづけた。「一部はたしかに、絶縁破壊《ぜつえんはかい》によって断線《だんせん》なんかしたけど——変圧器《トランス》がふっとんで、外部送電がとまると同時に、自家発電装置《じかはつでんそうち》が働き出して、保安委員《ほあんいいん》がかけつけた時は、ちゃんともと通り運転していたそうだよ。建物の中の断線部分《だんせんぶぶん》は、緊急予備回路《きんきゅうよびかいろ》が働きはじめていたし、建物の構造破壊《こうぞうはかい》部分には、自動修理装置《じどうしゅうりそうち》がもう働きはじめていたそうだ。——結局落雷被害《らくらいひがい》による運転停止時間は、わずか二秒だったって……」

エリックがぼくたちの前に料理の皿をおいた。——がちゃん、と音をたてて投げ出すようなやり方だった。おまけにぼくのルートビールと、エドの黒ビールをまちがえておいた。どっちも、マックスなら、絶対《ぜったい》にやらない事だった。エドは、肩《かた》をすくめるかわりに、ちょいと片方《かたほう》の眉《まゆ》をつり上げ、ぼくにウインクした。

「でも、本当にちゃんと動いているのかい？」とエドは皿をひきよせながらきいた。

「それだけの大電流が、とにかく建物全体に流れたんだろう？――コンピューターの記憶装置《メモリイ》が、まず何とかなっちまいそうなもんじゃないか。チェックしてるのかい」

「むろん、やっているよ。――だけど、大変な作業《さぎょう》だろうぜ。電子脳《ブレイン》の収納室《しゅうのうしつ》は、むろん全体が、電磁気的《でんじきてき》にも、力学的にも充分《じゅうぶん》に保護《ほご》されてはいるらしいが、あれだけの大電流が、一部の配線や、建屋の構造《こうぞう》を不規則《ふきそく》につたって、しかも振動電流《しんどうでんりゅう》の形で流れたとすると、多少の影響《えいきょう》はまぬがれないだろうな。まあ、工場の連中に言わせると、外部記憶装置《がいぶきおくそうち》の大部分は、ホログラムやガラス半導体《はんどうたい》など光学系《こうがくけい》をつかったものだから、メインの所は問題ない、とは言ってたけど……でも、バッファ・メモリイや、プログラム・メモリイには、やっぱり磁気《じき》メモリイや演算素子《えんざんそし》を一部につかっているし、コンピューター・ルームの天井《てんじょう》や壁《かべ》にくみこまれた瞬間消磁《しゅんかんしょうじ》システムの容量《ようりょう》をこえる磁界《じかい》ができちまった事も充分《じゅうぶん》考えられるっていうからね。よほど大事な所には、液体《えきたい》ヘリウム循環系《じゅんかんけい》をつかった〝完全反磁性《かんぜんはんじせい》ボックス〟でまもられてるとは言っていたが……」

「センターのCCC（コンピューター・チェック・コンピューター）をつかってるのかい？」

黒ビールを一口のんで、眉《まゆ》をしかめながらエドはきいた。ぼくもしぶい顔をしてルートビールのグラスをカウンターにもどした。――ひどく生ぬるかった。エドのもきっとそうだろう。

「むろん、やってるよ。――だけど、センターの方じゃ、高速《ハイスピード》CCCが、今、別の方に使われてるんで、予備《よび》の、小容量《しょうようりょう》のCCCを使ってしらべてるんだそうだ。だから、ちょっと時間がかかるって……。ああ、何でも、磁気《じき》バブルを演算素子《えんざんそし》につかったセットと、破壊読出《はかいよみだ》し系《けい》の一部はそっくりとりかえなきゃならないだろう、と言ってたな……」

「それでも、工場は、たった二秒の運転停止で操業《そうぎょう》をつづけてるの？」ぼくの話にき き入っていたキャロルは、ピザの皿をひきよせながらいった。「製品《せいひん》への影響《えいきょう》は、大《だい》丈夫《じょうぶ》なの？」

「ああ——電子脳《ブレイン》全体は、容量《ようりょう》にかなりゆとりをもたせてあって、それが回路や記憶階層《メモリイハイアラキイ》の中で、〝多重相互転換《たじゅうそうごてんかん》〟と言う形式で、融通《ゆうずう》しあうようにできているからね。——二秒というのは、安全のための〝自動停止と、被害《ひがい》を自己《じこ》チェックした〟時間だろう。二秒で、もう一度全システムに〝ｇｏ！〟のサインが出たという事は、つまり擾乱《じょうらん》された部分を迂回《うかい》しても、〝何とか行ける〟と電子脳《ブレイン》自体が判断《はんだん》をしたからだろう……」

「何よ、これ！」

キャロルが、ピザを見て、憤然《ふんぜん》とつぶやいた。——ピザは、塩煎餅《しおせんべい》みたいに、表面がかわき、カチカチになっていた。エドのハンバーガーは、パンが黒焦《くろこ》げであり、ぼくのホットドッグはなまあったかく、おまけにピクルスを忘《わす》れていた。——エドは、お手上げだ、という恰好《かっこう》で肩《かた》をすくめて見せ、皿をむこうにおしやった。

「かなり乱暴《らんぼう》な新米《しんまい》さんだな」とエドはいった。「もう一度、訓練所へもどってもらった方が、いいみたいだね」

「本部にクレームを言ってやるわ」キャロルはぷんぷんして、カウンターを指先でいらだたしくたたたいた。「それにしても、本人にもひとこと言ってやらなきゃ……エリック！」

エリックは、奥《おく》の調理場から、またのろのろと仏頂面《ぶっちょうづら》をつき出した。

が、その時は、ぼくたち三人とも、エリックの方をむいていなかった。——ぶっこわれそうなけたたましい音をたてて開かれた、入口のドアの方をむいていた。黒い帽子《ぼうし》を眼深《まぶ》かにかぶり、黒い眼鏡《めがね》をかけ、まあたらしいダブルのレインコートのボタンをきっちりかけて襟《えり》をたてた大きな男が、まるでスイングドアをつきやぶるような勢《いきお》いで店にはいってくるのを、びっくりして見ていたのだ。

——惨劇《さんげき》はその直後に起った。

2

ぼくたちのすわっていた場所と反対側のカウンターの端《はし》、つまり入口に一番ちかい所にすわっていた中年の紳士《しんし》は、コーヒーをとっくに飲み終り、シガリロを短くなるまでゆっくり吸《す》い、週刊誌《しゅうかんし》もすみからすみまで読み終ったらしく、アタッシェケースにしまいこんで、そろそろ立とうとしている気配だった。

そこへドアを荒々《あらあら》しくあけて、そのレインコート姿《すがた》の大男がはいって来た。

そのはいり方があまりに荒《あら》っぽく、乱暴《らんぼう》な音をたてたので、中年の紳士《しんし》も、びっくりしたように入口の方をふりかえった。

大男はその黒眼鏡《くろめがね》をかけた顔をきっと紳士《しんし》にむけた。

そいつは、ほえるような恐《おそ》ろしい声で何か叫《さけ》んだようだった。——そして次の瞬間《しゅんかん》、キャロルがひきさくような悲鳴をあげた。

ぼくたちは凍《こお》りついたように、カウンターの端《はし》の方を見つめていた。──レインコートの男は、大股《おおまた》で一とびにその中年紳士《しんし》の傍《そば》にくると、いきなり皮手袋《かわてぶくろ》をはめたごつい手で、その紳士《しんし》の首をしめ上げた。紳士《しんし》の眼鏡《めがね》がずりおちた。彼《かれ》はおどろきのあまり声もあげられないようだった。

「エリック！──とめなさい、エリック！」キャロルが金切《かなき》り声《ごえ》で叫《さけ》んだ。「あの人、殺されちゃうわ！」

ぼくとエドはストゥールからすべりおりた。──ショックのあまり、口がからからだったが……そして、なぜあの大男が、中年紳士《しんし》におそいかかるのか、事情《じじょう》もわからなかったが、とにかくほうっておけない情景《じょうけい》だった。

「おい！」エドがさけんだ。「乱暴《らんぼう》はよせ！」

が、その時はもう、紳士《しんし》の体は床《ゆか》にずるずるとくずれおちていた。その襟《えり》を片手《かたて》でつかんで、大男は、もう一方の手でものすごいチョップを二つ、三つと、犠牲者《ぎせいしゃ》の顔や頸《くび》にぶちこんだ。帽子《ぼうし》がとび、その顔はとびちる鼻血でまっかになった。男のふりまわした腕《うで》があたって、カウンターの上からコーヒーカップと皿がふっとび、壁《かべ》に当って粉々に砕《くだ》けた。

「やめろ！」

とさけんで、ぼくはそいつの方へとび出そうとした。——背後《はいご》から、シャツをつかまれなければ、まっしぐらにそいつにとびかかって行っている所だった。

「やめて！——危《あぶな》いわ！　エリックにやらせて……エリック！　はやく……」

男は血で汚《よご》れてぼろ切れのようになった犠牲者《ぎせいしゃ》の体を、床《ゆか》にほうり出すと、こっちをむいた。——身長二メートルちかく、肩《かた》がいかつく、がっちりしていて、体重だって百キロ以上ありそうだった。眼深《まぶ》かにかぶった帽子《ぼうし》と黒い眼鏡《めがね》、たてたレインコートの襟《えり》の間で、その顔つきはまるではっきりしなかった。だが、こちらをむいて立ちはだかった、その姿《すがた》からうける印象は、怪物《かいぶつ》じみた異様《いよう》なものだった。

やつは、ぼくたちの姿《すがた》を見ると、さっきあげた、獣《けもの》じみたうなり声をのどの奥《おく》でたてた。——両腕《りょううで》が前にあがり、やつは明らかに攻撃《こうげき》の姿勢《しせい》で、こちらへむかって一歩をふみ出した。

「この野郎《やろう》！　やる気か！」

瘠《や》せっぽちで弱いくせに、向《むこ》うっ気《き》ばかりやたらにつよいエドが、やめて！　エド、やめてよ！　というキャロルの金切《かなき》り声《ごえ》に耳をかさず、前にとび出して、カラテの
――ならい出してやっと二週間にしかならなかったのだが、――身がまえをした。

「さあ、かかってこい！」

そうエドがどなったとたん、大男の脚《あし》がぴたりととまった。

「そらそら……」エドは調子にのって、つき出した方の手を上にむけてまねきながら、じりじりとすり足で男の方にちかづいて行った。「さあ、どうした？　カラテがこわいのか？――かかってこい！――ほら、こいよ……」

男は仁王《におう》だちになって、両腕《りょううで》をなかば上げたまま、半歩後へさがった。――男のごつい体の中で、何かがふくれ上り、何かが闘っているように感じられた。身長二メートル、体重百キロ以上ありそうなそいつが、いくらカラテのかまえをしてみせたとい

え、体重五十六キロで、蚊《か》トンボみたいに瘠《や》せているエドをおそれ、ためらったとは到底《とうてい》思えなかった。ご自慢《じまん》の、最近やっとかっこよく生えそろったもじゃもじゃひげの中で、エドにとって「主観的に」猛悪《もうあく》非情《ひじょう》な面《つら》つきで歯をむいて見せても、だ……。

だが、思いもかけない事が起った。

その大男は、突然《とつぜん》うめくような声をのどでたてると、がっ、と両手で頭をおさえた。

――まるで何かのはげしい発作《ほっさ》におそわれ、苦しんでいるようだった。

「さあ、こい！」

エドは、また一歩ふみ出した。

帽子《ぼうし》の上から頭をおさえたまま、大男は、だっ、と大きな音をたてて一歩さがった。

――ぎりぎり、と歯をくいしばるような音が、男の口のあたりからきこえた。

「ヴォ……」と大男は、しゃがれた、人間とも思えない声でうめいた。「ヴォ、……ミ、ミーサ、！」

とたんに男は、身をひるがえし、ドアをぶちこわすような勢《いきお》いで外の闇《やみ》に走りこんで行った。

「弱虫め！」と身のほど知らずのエドは、すっかりいい気持ちになって、ゆれているスイングドアにむかって叫《さけ》んだ。「見たかい？——おれのカラテのかまえを見ただけで、逃《に》げてったぞ」

「いいからキャロル、シャツをはなしてくれないか？」と、ぼくは、しずかに言った。「君は、さっきからずうっと、シャツと一緒《いっしょ》に、ぼくの背中《せなか》の皮に爪《つめ》をたてているんだ……」

3

まったく悪夢《あくむ》のような事件《じけん》だった。大男におそわれた、あの中年の紳士《しんし》は、ほとんど即死《そくし》にちかい状態《じょうたい》で殺された。最初にあいつが、あのでかい、黒の皮手袋《かわてぶくろ》をはめた両手で、のど首をわしづかみした時に、窒息《ちっそく》と、頸椎破壊《けいついはかい》のために死んでしまったろう、と警察《けいさつ》できかされた。とすると、あの凶暴《きょうぼう》な大男は、あわれな犠牲者《ぎせいしゃ》の、すでに息絶《いきた》えた死体を、何度も何度も力一ぱいぶんなぐったわけだ。——その事を考えると、吐《は》き気《け》がこみあげた。死後の打撃《だげき》で、下顎骨《かがくこつ》と顴骨《けんこつ》が砕《くだ》かれている。

「結局——狂人《きょうじん》ですか?」

と、ぼくは、犯行目撃者《はんこうもくげきしゃ》としてよばれた警察《けいさつ》できいた。

「何とも言えんが——とにかくおそろしく凶暴《きょうぼう》で危険《きけん》なやつである事はまちがいない」

とファット警部《けいぶ》は口髭《くちひげ》をかみながら言った。「頭のおかしくなったプロレスラー……まあ、そんなタイプの犯人《はんにん》だな」

とたんに横で、ぴしゃっ、という大きな音がした。

「なぜ、ぶつんだよ?」

エドが、赤くなった頬《ほお》をおさえてキャロルに文句《もんく》を言った。

「なぜもくそもあるもんですか! このおっちょこちょい!」キャロルは眼《め》をギラギラさせてエドに食ってかかった。「身のほど知らずも程度《ていど》があるわ!——もうあなたにカラテなんか絶対《ぜったい》に習わせないわよ！　ほんとにまあ、調子にのって、あんな化け物みたいにでかい、凶暴《きょうぼう》なやつにむかうなんて……私《わたし》をこの若《わか》さで未亡人《みぼうじん》にしたいの？愛してないんでしょう！——そうでしょう！　何とか言ったらどうなの？」

ヒステリーの発作《ほっさ》を起したキャロルは、キーッ、と叫《さけ》んで、警部《けいぶ》のデスクの上にあった灰皿《はいざら》をつかんでエドに投げつけた。——エドは、椅子《いす》からとび上って、肘《ひじ》でとんでくるパイロセラム製《せい》の灰皿《はいざら》から顔をまもった。キャロルは、デスクの上の書類を投げつけ、ファイルを投げつけ、逃《に》げまわるエドを、部屋の隅《すみ》に追いつめて、顔をバリバリとひっかいた。

「助けてくれ！」とエドは自慢《じまん》のひげをむしられながら悲しげな声で絶叫《ぜっきょう》した。「イシ！見てないで、キャロルをとめてくれ！」

「自分で守れよ」ぼくは、有為《ゆうい》な友人の長生きのために、心を鬼《おに》にして、背《せ》をむけながらいった。「カラテをやってるんだろう？——のしちゃえよ」

「お仕置《しお》きがすんだら、あとで部屋をもとの通りにかたづけるんだぞ、キャロル……」

警部《けいぶ》は溜息《ためいき》をつきながら、瘠《や》せた細い手で、禿頭《はげあたま》をなでた。「でないと、器物破損《きぶつはそん》未《み》遂《すい》と、公共建築《こうきょうけんちく》不正使用で、二人とも三十分ほど留置場《りゅうちじょう》にぶちこむからな……」

ファット警部《けいぶ》は、大きすぎて、輪投げの棒《ぼう》にはまった輪のように見えるカラーの間に指をつっこんで、ネクタイをゆるめた。——〝肥満体《ファット》〟と言う姓《せい》と裏腹《うらはら》に、警部《けいぶ》は、もうこれ以上は首が邪魔《じゃま》になって瘠《や》せられない、と思えるほど、ガリガリに瘠《や》せていた。名前との対比《たいひ》があまりおかしいので、生意気ざかりのカレッジ時代、ぼくたちはそんな警部《けいぶ》に、〝テルジアム警部《けいぶ》〟などという綽名《あだな》を蔭《かげ》でつけてよろこんでいた。有名なフランスの推理作家《すいりさっか》、ジョルジュ・シメノンの創作《そうさく》した「メグレ警部《けいぶ》」が、〝瘠せた《メグレ》〟と言う意をもつ名前にかかわらず、大男でがっちりしている、とされているのにちなんで、〝maigret〟のスペルを逆《ぎゃく》にして、そんな名をつけたのだ。「〝瘠せた〟名を持つのに、大きく肥《ふと》った警部《けいぶ》」の反対で、「〝肥《ふと》った〟名を持つのに瘠《や》せた警部《けいぶ》」と言った意味で〝メグレ〟をひっくりかえしたのだ。——そのころぼくたちの間では、そんなひねった言葉の遊びがずいぶんはやった。もう、むかしの話になるが……。

「犯人《はんにん》について、その後何か情報《じょうほう》がはいりましたか？」

「何にも……」と警部《けいぶ》は憂鬱《ゆううつ》そうに口髭《くちひげ》をなでた。「署《しょ》をあげて動員して、町とその周辺を非常警戒《ひじょうけいかい》させ、捜査班《そうさはん》とパトロールが、ここと思う所を一軒《けん》一軒《けん》しらみつぶしに当っているが、どこへもぐりこんだか、まるで手がかりがない」

「もう高飛びしたかも知れませんね」

「その可能性《かのうせい》も考えて、すぐ手をうったんだが——今の所、航空機、バス、鉄道、ハイウェイ、いずれも使った形跡《けいせき》がないようだ」

「じゃ……まだ犯人《はんにん》は、町のどこかにひそんでいる可能性《かのうせい》が強いんですか？」

ぼくの背筋《せすじ》に、何か冷たいものが走るのが感じられた。——あの凶暴《きょうぼう》な、怪物《かいぶつ》じみた男が、まだ……と思うと、もう一度出くわす可能性《かのうせい》が想像《そうぞう》されて、心おだやかでなかった。

それにこの殺人は、「単純《たんじゅん》そうに見えて、厄介《やっかい》な事件《じけん》」と警部《けいぶ》が言った通り、何だかすっきりしない事だらけだった。

第一、犯行《はんこう》の「動機」らしいものが、皆目《かいもく》はっきりしない。――気の毒な犠牲者《ぎせいしゃ》は、この町から六百キロほどはなれた都市の、小さな会社の重役で、平凡《へいぼん》な家庭人であり、三児のよきパパであり、敬虔《けいけん》なクリスチャンで、きわめておだやかでおとなしい人柄《ひとがら》であり、善良《ぜんりょう》な市民で、しかも、市の青少年問題の委員までつとめ、何度も市から表彰《ひょうしょう》されているような人物だ。どこからつついても、誰《だれ》かに殺されなければならないような原因《げんいん》は出てこない。この町は、はじめての訪問《ほうもん》で、商用で昼、ある会社で人に会ったあと、ダウンタウンで相手の人物と会食し、今夜は午後九時半発の、ローカル線VTOL《ヴァイトール》（垂直離着陸機《すいちょくりちゃくりくき》）バスで、住んでいる都市にかえる予定だった。――その事は、アタッシェケースの中の航空券《こうくうけん》でもすぐわかったし、昼会っていた人物も、すぐかけつけて証言《しょうげん》した。VTOLバスストップは、スナック〝ベビイ〟から車でほんの三、四分だったし、早く来すぎて、時間をつぶすために、〝ベビイ〟によったのは明らかだった。

被害者《ひがいしゃ》の方に、「殺されるような動機」は全くなかった。また、何もとられていない。

——だが、犯人《はんにん》は、〝ベビイ〟にはいってくるや否《いな》や、とびかかるようにして一気に彼《かれ》を殺している。まるで専門《せんもん》の〝殺し屋〟のように鮮《あざ》やかな手口で……あとに何の「証拠《しょうこ》」ものこさず……。顔はかくし、手には皮手袋《かわてぶくろ》をはめ、武器《ぶき》は何一つつかわず……。ひょっとして、被害者《ひがいしゃ》は、誰《だれ》かと「まちがえられて」殺されたのではないか、と警察《けいさつ》も考え、その線の可能性《かのうせい》も追っていた。遠い大都会の片隅《かたすみ》に、今や気息奄々《きそくえんえん》として消滅《しょうめつ》しかかっていると言われ、もはや一箇《いっこ》の「伝説」と化しつつある犯罪《クライム》シンジケートが、何かこの事件《じけん》に関係しているのではないか、と言う臆測《おくそく》も出たらしいが、たとえ、そう言うおっかない組織《そしき》が、まだ多少は力を持っていたとしても、そこからわざわざ「殺し屋」が派遣《はけん》されてくるに値《あたい》するような「大物」が、ここ何年かの間に町に移《うつ》って来た形跡《けいせき》はまったくなかった。

ファット警部《けいぶ》は、そう言った情報《じょうほう》に関しては、恐《おそ》ろしく有能《ゆうのう》だった。何か後ろぐらい所のある人間で、この町に、警部《けいぶ》の眼《め》をごまかしてはいりこめるものは一人もなかったといっていい。——たしかに、どの町にもいる、地廻《じまわ》り的なグループはあった。だが、この町の、そういったあやしげな連中は、すべて「ローカル」な存在《そんざい》でしかなかった。

被害者《ひがいしゃ》の方に、殺される原因《げんいん》らしきものがなく、また犯人《はんにん》が「派遣《はけん》」されてきた気配もない。——とすれば、これはまったく「行きずりの衝動的犯罪《しょうどうてきはんざい》」にすぎないのだろうか？　それにしては、凶暴《きょうぼう》すぎはしないだろうか？

第一、犯人《はんにん》が一体どこから来たのかもはっきりしない。——警察《けいさつ》のしらべでは、この四十八時間以内に、そんな目立つ大男が、外から町へ、はいりこんで来た形跡《けいせき》はない、という。警察《けいさつ》は、さらにさかのぼってしらべているが、人口わずか八千の町へ、そんな風変りな「よそもの」がはいってくれば、誰《だれ》にだってすぐ眼《め》につく。

とすると、あいつは、あの晩《ばん》、夜にまぎれて、歩いて町へはいって来たのか？

それとも、やつはもともと町の人間か？

まだほかに、わけのわからない事はいっぱいあった。たとえば——一つかみで、壮《そう》者《しゃ》の頸椎《けいつい》をへしおれるほどの男が、なぜ、あんな鶏《にわとり》の骨《がら》みたいなエドのカラテのかまえなどを、あれほど警戒《けいかい》したのか？　最後にはまるで、おびえたように見えた。何かよほど、手痛《ていた》い記憶《きおく》でもあったのだろうか？　知能程度《ちのうていど》はあまり高いという感じがしなかったから、「手痛《ていた》い記憶《きおく》」に、簡単《かんたん》に体がすくんだのかも知れない。

それにもう一つ――あの、最後に叫《さけ》んだ、妙《みょう》な言葉は、一体どんな意味があるのか？

「さて……」と警部《けいぶ》は、かかって来たインターフォンのスイッチを切りながら言った。「もう少し、おつきあいねがうかな。面通《ラインナップ》しの準備《じゅんび》ができたそうだ。今日はこれで一《いち》応《おう》終りだ」

「どこでやるんですか？」と、ぼくは腰《こし》をうかしかけた。

「いや、ここでいい。あそこの壁面《へきめん》にアイドホールで投射《とうしゃ》されるから……」

「でも、この部屋はずいぶんちらかってますよ」ぼくは背後《はいご》をちらと見てつぶやいた。「それにここには、ネズミがいるみたいです」

部屋の隅《すみ》で、チュッ、チュッ、という音がひっきりなしにした。――喧嘩《けんか》のあとで仲直り、というわけで、キャロルが、血だらけの顔をしたエドをやさしく抱《だ》きしめて、ひどい事しちゃってごめんなさいね、でも、あなたの事、かけがえのない人と思ってるからよ、とか何とかいっては、甘《あま》ったるいキスの雨をふらしているのだった。

　ぼくのあてこすりがきこえたのか、こちらをふりむいたエドの顔は、まったくあわれをとどめた。両頬《りょうほお》に無数のみみず脹《ば》れをこさえ、その幾筋《いくすじ》かからは血がふき出して髯《ひげ》を赤くそめ、貧相《ひんそう》なバルバロッサ（十二世紀の神聖《しんせい》ローマ皇帝《こうてい》フリードリヒ一世のこと。「赤髯王《あかひげおう》」）みたいになっていた。おまけに、その御自慢《ごじまん》の髯《ひげ》が、キャロルの鋭《するど》い爪《つめ》でむしられて、二つ三つ、ふわふわした毛の球になってぶらさがっている、という有様だ。

「なによ、イシ。あなた嫉《や》いてるのね」とキャロルが、ききとがめて唇《くちびる》をとがらせた。

「だからあなたも早く、いい人見つけて、奥《おく》さんをもらいなさい、と言ってるでしょ」

「ああ、なるべく早くそうするよ。――灰皿《はいざら》ぶつけない女性《じょせい》を見つけてね。爪《つめ》も短くしてる方がいいな」ぼくはちらばった書類をひろい集めながらいった。「君も顔をふけよ、キャロル。エドの顔中にキスするもんだから、口もとが女ドラキュラみたいになってるぜ」

ドアがあいて、警官《けいかん》が、新しい繃帯《ほうたい》で、頭と半顔《はんがん》をぐるぐる巻《ま》き、副木《そえぎ》をあてた左《ひだり》腕《うで》を胸《むね》に吊《つ》った、三十歳《さい》ぐらいの男をつれてはいって来た。――スナック〝ベビイ〟から七、八百メートルほどはなれた所にある、町はずれの雑貨屋《ざっかや》の店員だった。

実を言うと、彼《かれ》こそあの凶暴《きょうぼう》な男の、被害者《ひがいしゃ》第一号だった。犯人《はんにん》は、スナックをおそう前、もう戸をしめていた雑貨屋《ざっかや》をたたきおこし、宿直《しゅくちょく》をしていた店員が戸をあけるや、一撃《いちげき》のもとにたたきのめして、店をめちゃめちゃにかきまわし、服、帽子《ぼうし》、レインコート、サングラス、皮手袋《かわてぶくろ》、それに靴《くつ》まで盗《ぬす》んで行った、というのだ。――店へはいって来た時の服装《ふくそう》は、「手首、足首まである下着上下」をつけていたように見えた、というから、やつは、それまで着ていたもの一切《いっさい》を、何らかの理由でぬいで、うばった新しいものを身につけ、それからまっすぐ、〝ベビイ〟へやって来たのだ。雑貨屋《ざっかや》がおそわれてから、〝ベビイ〟へあらわれるまで、十分とかかっていない。そして今どき、犯行《はんこう》の時につかった服装《ふくそう》はどこかに捨《す》て、もとの服に着がえて、知らぬ顔で町にまぎれこんでいるにちがいない。

「あいつはつかまったんで？」と、繃帯《ほうたい》だらけの、哀《あわ》れな男は、おびえたような声できいた。

「いいや……」警部《けいぶ》は苦虫をかみつぶしたような顔でいった。「ことわっとくが、これから君たちに見てもらうのは、まだ容疑者《ようぎしゃ》でもない。——一応《いちおう》、ください、そう言った事をやりかねない連中ばかりだが、まだ今の所、重要参考人として、来ていただいているんだから、そのつもりで、慎重《しんちょう》に見てくれ……まあ、この中に犯人《はんにん》のいる可能《かのう》性《せい》はほとんどないと思うが、念には念を入れてみたいんだ」

警部《けいぶ》がデスクの上のボタンをおすと、部屋の一方の壁《かべ》に明視《めいし》スクリーンがおりて来て、カラーアイドホールで、五、六人の人物が、原寸大《げんすんだい》でうつり出した。——みんな、二メートルちかい大男ばかりで、人相のあまりよくない、一くせありげな連中だった。

ぼくらは慎重《しんちょう》に、一人一人見て行った。——一通り見終ると、テレビカメラがきりかわり、一人一人の、全身、バスト、顔のクローズアップが、あらゆる方向からうつった。

「よくわかりませんな……」

と店員はつぶやいた。

一通りすむと、今度は全員が、黒い帽子《ぼうし》とレインコート、皮手袋《かわてぶくろ》でならんだ。――途中《とちゅう》からみんな黒眼鏡《くろめがね》をかけた。

「ちがうわ……」とキャロルがいった。「あの服装《ふくそう》をすれば、一見みんなあいつみたいに見えるけど……感じが全然ちがう。それに肩《かた》のいかつい感じが……」

「ちょっと、両腕《りょううで》をおどかすようにあげて……ええと、あいつ、何と言ったっけな……」とエドは口ごもった。

「ヴォ……ヴォ……」

「〝ヴォミーサ！〟だ」とぼくは言った。

「〝ヴォニーシャ〟じゃなかった？」とキャロル。

「いや……〝ミ〟だ――最後は〝サ〟だか〝シャ〟だか、ちょっとはっきりしないけど」

六人の大男が、次々に両腕《りょううで》をあげて、〝ヴォミーサ！〟となるのは、変な感じだった。——昨夜の、悪夢《あくむ》のような情景《じょうけい》がそこに浮《う》かび上《あが》るようで、少し気分が悪くなった。

「みんな……ちがうみたいだ……」とエドは首をふってつぶやいた。「そうだ。エリックなら、もっとはっきりおぼえているにちがいない。どうしてエリックをよばないんです？　彼《かれ》はずっと見てたんですよ。彼《かれ》にきけば、正確《せいかく》なモンタージュだってつくれるでしょう」

「いや……」ファット警部《けいぶ》は口髭《くちひげ》をかんだ。「エリックは、だめだ……」

「そうよ……」とキャロルも言った。「エリックはだめよ」

その時突然《とつぜん》、電話が緊急《きんきゅう》シグナルを鳴らした。——警部《けいぶ》は電光石火の早さで、受話器をとると耳にあてた。

「なに？」

と一言いっただけで、警部《けいぶ》はただだまって、電話にききいった。——視線《しせん》がちら、とアイドホールの画面を見た。そのうち口がへの字に曲げられ、眉《まゆ》が片方《かたほう》だけ、高く高く吊《つ》り上《あ》がった。

「よし……」と警部《けいぶ》は最後にかすれた声でいった。「つづけろ。絶対《ぜったい》手をゆるめるな」

電話を切ると、警部《けいぶ》は、ふうっと大きく溜息《ためいき》をつき、禿頭《はげあたま》をゆっくりなでて、インターフォンのカフをあげた。

「もういいぞ……」と警部《けいぶ》はがっかりしたような声でいった。「みなさん、おひきとりねがえ。——丁重《ていちょう》にな」

「どうしたんです？」とぼくはきいた。「何があったんですか？」

「やつがたった今、K地区にあらわれた……」とファット警部《けいぶ》は、歯がみするようにうめいた。「今度は通行中の女性《じょせい》がおそわれた。なぐられて重傷《じゅうしょう》だが、命はとりとめたそうだ。何もとられておらん。非常警戒中《ひじょうけいかいちゅう》の警官《けいかん》がかけつけ、麻痺銃《パラライザー》を三発うちこんだが、運河《うんが》にとびこんで逃《に》げられた。——水上警察《すいじょうけいさつ》が網《あみ》をはっている。やつは、昨夜の服装《ふくそう》のままだそうだ……」

4

警察署《けいさつしょ》からのかえり、やっぱり〝ベビイ〟による事になった。——かえる途中《とちゅう》にあるのだから、つい習慣《しゅうかん》でドアをおしてしまう。ぼくにしてみたら、あのいまいましい新米《しんまい》バーテンの証言《しょうげん》が、なぜ「だめ」なのか、エリック自身にきいてみたい気がしたのだ。

だが、〝ベビイ〟には、エリックはいなかった。かわって、なつかしい後姿《うしろすがた》がカウンターのむこうに見えた。

「マックス！」とぼくは思わず叫《さけ》んだ。「なんだ！——かえって来たのかい？」

「今日、また急によびかえされましてね……」マックスは、なつかしい笑顔《えがお》をふりむけた。「新しいバーテンダーがくるまでの臨時《りんじ》です……」

「じゃ、エリックは……」

「エリックは具合が悪いのです」マックスはちょっと悲しそうな表情《ひょうじょう》をした。「いま、精密検査《せいみつけんさ》をうけております……」

「申告《しんこく》したんだな……」エドはみみず脹《ば》れだらけの顔をキャロルにむけて言った。

「したわよ」とキャロルはうなずいた。「誤解《ごかい》しないで。別にサービスの態度《たいど》が悪かったから、とか、注文をまちがえたから申告《しんこく》したんじゃないのよ。――問題は、エリックが、あの時、殺人をとめようとしなかったことよ。これは重大な事だし、義務《ぎむ》として知らせておかなきゃ……」

「何になさいます?」マックスはきいた。「アンチョビーのピザ?」

「ううん、今夜はね――ええっと、サラミにする……」とキャロルは言った。「コーヒーはエスプレッソ……」

「LTB（レタス・トマト・ベーコンのサンドイッチ）にモルト・ミルク……」ナプキンをとりながら、エドがいった。

「クロック・ムッシュにカナダ・ドライ……」

とぼくはいった。

「みなさん、今夜は少し変化をつけましたね」マックスは笑った。「それがいいです。たまには、このマックス自慢《じまん》のスパゲッティなど召《め》し上《あが》ってみてください……」

「スパゲッティ……」エドは、何かを思い出したように、顔をあげた。「そうだ、マックス……スパゲッティに〝ヴォミーサ〟って種類がなかったかな?」

「いいえ……」マックスはふりかえって首をふった。「〝ヴェルミチェルリ〟というのはあります。――細い、スープなんかにいれるやつです。それにあさり《ヴォンゴレ》を入れたのもありますが……〝ヴォミーサ〟ってのはありませんね」

「じゃ何か……〝ヴォミーサ〟って名の、香料《スパイス》か、食物か――あるいは、そういう単語そのものがないかね?」

「いいえ……」ちょっと宙《ちゅう》を見て考えてから、マックスはいった。「ありませんね。よく似《に》た言葉で、イタリア語に〝ヴォミト〟と言う言葉がありますが……ちょっとここでは言いにくい意味です」

「何て意味？」とキャロルはきいた。

「お食事前にはおききにならない方がいいと思いますよ」マックスは肩《かた》をすくめた。

「〝反吐《へど》〟って意味です……」

エドはがっかりしたように肩《かた》をおとし、ナプキンの上に、ボールペンで、〝ヴォミーサ〟と言う言葉をいくつも書きつけては考えこみはじめた。

カウンターにすわっていると、どうしても眼《め》は、入口にちかい方のはしに行ってしまう。——今夜は誰《だれ》もすわっていないが、わずか二十四時間たらず前、同じ場所で、あの惨劇《さんげき》があったと言う事が、本当に悪夢《あくむ》のように思えた。

警察《けいさつ》の現場検証《げんばけんしょう》は昨夜のうちにすんでしまったらしいが、床《ゆか》の上にはまだ、死体の位置をしめす白い線がうすくのこっている。

昨夜——わずか二、三分の間に、このひなびた町の、静かな郊外《こうがい》のスナックが、むごたらしい殺人現場《さつじんげんば》と化したのだ……。

「エリックは気の毒でした……」

マックスが料理をはこんで来ながら、つぶやいた。——手早く、まちがえず、しかも、出来栄《できば》えは絶品《ぜっぴん》で、エリックとは大変なちがいだった。

「エリックと同期の連中も、みんな勤務先《きんむさき》からよびもどされて、精密検査《せいみつけんさ》をうけています」

「じゃ、おかしいのはエリックだけじゃなかったの？」キャロルは眼《め》をまるくした。

「あの時、エリックと同じ訓練所を、同期に出た連中は、一応《いちおう》全部ね……」マックスはうなずいた。

「いったいどうしたんだ？」ぼくはジンジャーエールをグラスにつぎながらきいた。

「訓練システムに欠陥《けっかん》でもあったのかい？」

「もっと、大変重要な所に問題があったようです。まだよくわかりませんが——私《わたし》は一種の〝事故《じこ》〟だと思いますね」とマックスは首をふった。「原因《げんいん》は——おそらく、あのものすごい落雷《らくらい》ですよ。……あなたがたには、おわかりにならないでしょうけど、はげしい雷《かみなり》というのは、私《わたし》たちにはずいぶんこたえるんです」

「私《わたし》たちだってこたえるわよ」とキャロルはいった。「私《わたし》、雷《かみなり》きらいよ。雷《かみなり》が近づくと、頭痛《ずつう》がして、気分がめいって……」

「あなたたちの場合は、温度、湿度《しつど》、気圧《きあつ》の急変が影響《えいきょう》するんでしょう。——でも、私《わたし》たちの場合は——電気なんです。むろん、消磁装置《しょうじそうち》や、安全装置《あんぜんそうち》はついていますが、空中電気や地電流の帯電パターンが、急激《きゅうげき》に変化すると、体全体にこたえるんです。近くに落雷《らくらい》した時なぞ、まったく脳天《のうてん》や背骨《せぼね》をどやされたようなショックを感じ、私《わたし》でもいらいらします。この間の大落雷《だいらくらい》の時なども、ほんとうに仕事をほうり出して、かけ出したいような気持ちがしました……」

「ちょっと！……」

突然《とつぜん》ぼくは心臓《しんぞう》の動悸《どうき》がはやまるのを感じた。ある事が……今まで考えもしなかった、ある可能性が、突如《とつじょ》として、もやもやとある形をとりはじめたみたいだった。

「エリックは……じゃ、あの工場の訓練所を出たのかい？」

「エリックがいいませんでしたか？」マックスは不思議そうな顔をした。「先週の週末、つまり木曜日に、一切《いっさい》の訓練を終えて、金、土、日、三日間の休日の間に、新しい職《しょく》場《ば》へ配置されたんです」

「じゃ……エリックたちが、訓練所で最後の晩《ばん》をすごした、その夜に――あの大落雷があった……」

「ええ――もう、最終訓練ラインからほとんどが切りはなされていましたし、金曜日の朝、配置の前に、もう一度総合《そうごう》チェックをうけた、といいますが――やっぱり、すぐにはわからない影響をうけていたんですね……」

「マックス……」ぼくはまだ手をつけていないクロック・ムッシュの皿を押《お》しやって、体をのり出した。「今すぐ、工場の管理課を電話でよび出してくれないか？――夜だけど、宿直《しゅくちょく》はいるだろう。エリックの事をききたいんだ……」

「何を考えてるの？　イシ……」キャロルは、はっ、としたように、ぼくの腕《うで》をおさえた。「あなたは、まさか……」

「まだ何とも言えないよ。――可能性《かのうせい》と言っても、まだ、まるで影《かげ》みたいにあいまいなものだ。だけど――とにかく、きいてみたいんだ」

「工場が出ました……」とマックスが、ヴィジフォンの所からいった。「管理責任者《かんりせきにんしゃ》が出ていますが……」

ぼくはストゥールからとびおり、ヴィジフォンの方へかけよった。

「そんな……そんな事あり得ないわよ!」背後《はいご》からキャロルが、かすれた声で叫《さけ》んだ。「……人、を、殺、す、なんて……ロ、ボ、ッ、ト、は、人、間、を、殺、せ、な、い、わ!――殺せないようにできているはずよ……」

ぼくはかまわずヴィジフォンにとびついて、先方と話をはじめた。――キャロルはなぜか、ぼくの背後《はいご》にこず、ストゥールの上に凍《こお》りついたようにすわって、こちらを見ていた。ナプキンに、しきりに何か書きつけていたエドも、顔をあげて、じっとぼくと相手の通話を見つめていた。

「やっぱりだ……」先方に別の緊急《きんきゅう》電話がかかって来たらしいので、一たん通話をきったぼくは、ゆっくり二人の方をふりかえった。「金曜日午前中に工場を出荷《しゅっか》されて、新規配属《しんきはいぞく》された二十体のサービスロボットのうち、エリックをふくむ三体が〝倫理回《りんりかい》路《ろ》〟に、落雷《らくらい》の影響《えいきょう》らしい〝歪《ゆが》み〟を生じているらしい事が、今日の午後、発見されたそうだ……エリックは、第一《だいい》条《じょう》B項回路《こうかいろ》第二条《だいにじょう》A項回路《こうかいろ》に、若干《じゃっかん》の狂《くる》いを生じていたって」

エドとキャロルの顔は、紙のように白くなった。——二人とも……いや、ぼくたちだけでなく、警察《けいさつ》の誰《だれ》もが、考えもつかなかった、おそろしい可能性《かのうせい》が、ワン・ステップ、姿《すがた》をあらわにするのを感じたにちがいなかった。

〝ロボット倫理回路《りんりかいろ》〟——一名「三原則回路《さんげんそくかいろ》」というものは、人間型《ヒューマノイド》ロボットが、人間のよきパートナーとして社会の中に共存《きょうぞん》しはじめた当初から、何度も吟味《ぎんみ》され、ロボットの対人間・社会行動規制《きせい》の根本原則として、どのロボット用電子脳《ブレイン》の中枢《ちゅうすう》にもくみこまれている「規制回路《きせいかいろ》」だ。

規制《きせい》は、次のような三つの基本原則《きほんげんそく》からなっている。

一　A、ロボットは人間に危害《きがい》を加えてはならない。
　　B、また危険《きけん》を看過《かんか》することによって人間に危害《きがい》を及《およ》ぼしてはならない。
二　A、ロボットは人間に与《あた》えられた命令に、服従《ふくじゅう》しなければならない。
　　B、ただし、与《あた》えられた命令が第《だい》一条《じょう》に反する場合はこのかぎりでない。
三　ロボットは、第《だい》一条《じょう》、第《だい》二条《じょう》に反するおそれのないかぎり、自分を守らなければならない。

　エリックは、あの工場でつくられ、サービスロボットとしての訓練をうけ、職場《しょくば》に配属《はいぞく》になる直前に、あの史上稀《まれ》に見る大落雷《だいらくらい》の影響《えいきょう》で、第《だい》一条《じょう》B項回路《こうかいろ》――「危険《きけん》を看過《かんか》することによって、人間に危害《きがい》を加えてはならない」という規制回路《きせいかいろ》がうまく働かなくなってしまい、そのために、あの時、あわれな被害者《ひがいしゃ》が、眼《め》の前で殺されるのを、ぼんやり見すごしてしまったのだ。――第《だい》二条《じょう》A項回路《こうかいろ》も、少し具合が悪くなっていたのだろう。エリックは、注文をまちがえた……。「とめて！」と叫《さけ》んだキャロルの命令にも、反応《はんのう》しなかった……。

「おどろいたわね……」キャロルは青ざめた顔をこわばらせてつぶやいた。「あんなに重要な——あんなに厳重《げんじゅう》に保存《ほぞん》され、安定していると思った倫理回路《りんりかいろ》がくるう事があるなんて……」

「例外的な事故《じこ》さ——。おそらく確率《かくりつ》何千万分の一以下の……」ぼくは咳《せき》ばらいしながらいった。「第一、この地域《ちいき》で、あんなものすごい大雷雨《だいらいう》がある、という事は例外的な事だ。まして、あんな、世界の観測史上《かんそくしじょう》はじめてという、とんでもない大球雷《だいきゅうらい》が、あの工場をおそった、なんて事も例外だ。そして、その落雷事故《らくらいじこ》の時、たまたま最終訓練ラインに、何体かのロボットがいた、という事も……」

「でも、〝三原則回路《さんげんそくかいろ》でも狂《くる》う事がある〟って言う事がはっきりした以上、可能性《かのうせい》は出て来たわけよ。——ロボットが人を殺す、という……」

「たしかに、論理的《ろんりてき》な可能性《かのうせい》は出て来た。——だが、現実性《げんじっせい》はなさそうだ」ぼくは気のぬけたジンジャーエールをがぶりと飲んでいった。「今、工場できいたんだが——

この二週間の間、あの工場から送り出されたロボットは、エリックたちの同期生二十体だけで、それも全部回収《かいしゅう》された。しかし、そんなにひどく狂《くる》ったものはなかったという。――この地区以外から〝狂《くる》ったロボット〟がはいって来たとしても、それは移《い》動記録《どうきろく》ですぐわかる……」

「待てよ。――今言った、あとの方が肝心《かんじん》な事だ」エドはカウンターをどん、とたたいた。「よそからはいって来たのなら、必ず記録でわかるし、すぐ気がつく。――が、記録によれば、そんなものはない。ロボットにしろ、人間にしろ、あんなごついやつが、この町へ、外からはいって来て、町の中をうろうろしていたのなら、必ず眼《め》につくはずだ。だが、あらゆる交通機関の記録でも、この二週間、該当《がいとう》する奴《やつ》がはいりこんだ形跡《けいせき》はない。と言って、さっき面通《ラインナップ》しをしたのでもわかるように、町の住民にも、該当者《がいとうしゃ》はいない。じゃ、やつはどこから来たのか？――町のすぐ傍のロボット工場から来たとするなら、この謎《なぞ》は簡単《かんたん》にとける。それにロボットなら――何も、ホテルやモーテルにとまる必要はない。エネルギー補給《ほきゅう》の必要が起るまで、どこにでもかくれていられる」

「しかし――落雷事故《らくらいじこ》の時、もうすでに訓練を終了《しゅうりょう》し、配属《はいぞく》もきまって、出荷《しゅっか》するばかりになっていた二十体をのぞいて、工場のラインにあった全製品《ぜんせいひん》は、いま出荷停止《しゅっかていし》になっているぜ……」ぼくは体の芯《しん》がふるえ出すのを感じながら、一応《いちおう》エドの言葉をさえぎった。「ラインにあった半製品《はんせいひん》や、一応《いちおう》全システムのCCによるチェックがすむまで、倉庫にしまわれている、とさっき管理課の人がいっていた。システムチェックがすんだあと、半製品《はんせいひん》全部にわたるチェックが……」

「マックス、もう一度工場へつないでくれ」とエドはどなった。「ラインの、最終段《さいしゅうだん》階《かい》にあったロボットを全部チェックして、ぬけ出したものがいないか、しらべるんだ……」

「おかしい――電話が通じません」マックスはヴィジフォンの前で言った。「さっきはちゃんと通じたのに――ほかの所もだめです。線が切れたらしいです」

ぼくたちは思わず顔を見あわせた。――たった今、通じたヴィジフォンの線が、突《とっ》然《ぜん》切れたのは、一体どうした事か？

「車の無線で、警察《けいさつ》をよんでみましょうよ、エド」と、キャロルが紙のような顔色をして言った。「テルジアム警部に、私《わたし》たちの考えを話した方がいいと思うわ」

「そうしよう……」エドは唇《くちびる》をかんでうなずいた。「だけど、テルジアム警部って、誰《だれ》だ？」

「あら、ファット警部《けいぶ》の事よ。おぼえてないの？」キャロルがストゥールから腰《こし》をうかしながら言った。「ほら、私《わたし》たち学生時分、メグレ警部《けいぶ》の名前をひっくりかえして、彼《かれ》の綽名《あだな》に……」

その一言をきいた時のエドの顔ったらなかった。――顔色は青を通りこして土気色《つちけいろ》になってしまい、一面にのこるみみず脹《ば》れまで、紫色《むらさきいろ》に変色した。

「どうしたの？」キャロルはおどろいて立ちすくんだ。「何なのよ、エド……」

エドの視線《しせん》は、じりじりと動いて、カウンターの上にそそがれた。――カウンターの上の、はいって来た時からずっと彼《かれ》が落書きをしていた紙ナプキンに……。

「そうか……わかったぞ！」エドはかすれた声でいった。「〝ヴォミーサ〟って言葉の意味が……やっとわかった！」

そういうなり、エドは落書きだらけのナプキンをわしづかみにして外へとび出した。

――ぼくとキャロルも、わけがわからないままにあとを追った。

5

外は昨夜とおなじようにうっとうしい雲に空一面がおおわれ、星一つ見えないまっ暗な夜だった。――相かわらず、遠くで低く雷鳴《らいめい》がひびき、時おり雲がパーッと白く光る。この地域《ちいき》では、たとえ季節の変り目にしても、こんなに長い間――先週木曜の大雷雨《だいらいう》以来だから、もう一週間――うっとうしい天気がつづくのはまったく珍《めずら》しいのだが、どうやら最近は気象の長期パターンがかわりつつあるらしい。

ぼくたちは、いつものくせで、車を駐車場《ちゅうしゃじょう》の一番はし、市街からくる道路に面した入口からはいってすぐの所においていた。〃ベビイ〃の店からは一番遠く、直線で百二十メートルぐらいある。——店は、その道路が、もう一本の道路と交叉《こうさ》する角に面してあり、ほそながい駐車場《ちゅうしゃじょう》は、ちょうど店の裏《うら》の方にのびていた。

市街からくる道路にそって、駐車場《ちゅうしゃじょう》との間に幅《はば》二十メートルほどの川が流れていた。道路から駐車場《ちゅうしゃじょう》へは、小さな橋で川をこえてはいるようになっている。——川は市街にはいりこみ、街を縦横《じゅうおう》に流れる運河《うんが》につながっている。

その事を、ぼくたちは、うっかり忘《わす》れていた。あの凶暴《きょうぼう》な犯人《はんにん》が、その夜、また市街地であらわれ、女性《じょせい》をおそったと警察《けいさつ》できいたが、それがずっと遠い、K地区の事だったので、つい警戒心《けいかいしん》がゆるんでいたのである。

エドのあとを追って、からっぽの駐車場《ちゅうしゃじょう》にポツンと一台だけとまっているエドの車のそばまで来た時、空を横切ってパーッと光った幕電《まくでん》のうす明りに、川から上って、駐車場《ちゅうしゃじょう》を横切って店の裏手《うらて》へむかってつづいている、ぬれた、巨大《きょだい》な足あとと、水たまりのあとを見て、背筋《せすじ》に、ずん！　と氷の棒《ぼう》をつきたてられるような衝撃《しょうげき》が走るのを感じた。

ついさっきまで、犯人《はんにん》がロボットだ、という可能性《かのうせい》を考えてもみなかった。そして、犯人《はんにん》の行動は、すべて人間としての「生理的制約《せいりてきせいやく》」にしたがうものだ、という先入観が、まだ生きていた。――だから、この駐車場《ちゅうしゃじょう》のすぐ横を流れる川が、遠くK地区の、いいいがとびこんでのがれた、という運河《うんが》にもつながっている事を、考えもしなかったのだ。

「エド……」かすれた声で、ぼくはエドの背中《せなか》にいった。「見えるか？……足あと……」

エドは車のそばできっとふりかえった。――稲妻《いなずま》の光なしで、彼《かれ》にその足あとが見えたかどうかわからなかった。だが、見えても見えなくても、次の瞬間《しゅんかん》、〝ベビイ〟の裏手《うらて》あたりであがった、キャロルの鋭《するど》い悲鳴が、すべての事態《じたい》を一瞬《いっしゅん》に明らかにした。

「やめて！――ちかよらないで！」キャロルは、金切《かなき》り声《ごえ》で叫《さけ》んでいた。「エド！――助けて。あいつ、ここにいるわ！」

「キャロル！」とさけんで、エドは脱兎《だっと》のごとくかけ出した。「今行く！　逃《に》げちゃだめだ。逃《に》げないでたちむかえ！」

あとを追おうとしたぼくをふりかえって、エドは鋭《するど》く言った。

「イシ！――車……明り……」

ぼくは一足とびに走りかえって車にとびこみ、エンジンをスタートさせた。ライトをつけ、ハンドルをぎりぎりまわしながら、片手《かたて》でカー・テレフォンのマイクをつかみ、緊急回線《きんきゅうかいせん》のボタンをおしながら、警察《けいさつ》にむかって、事態《じたい》をわめきちらしていた。

店の裏手《うらて》へむけてつっかけると、ヘッドライトの光芒《こうぼう》の中に、こけつまろびつ逃《に》げまどうキャロルと、その背後《はいご》に、両腕《りょううで》をつき出してつかみかかろうとしている、あいつの姿《すがた》がうかび上った。帽子《ぼうし》もレインコートも昨夜のままだったろうが、凍《こお》った運河《うんが》の水の底をわたって来たため、まるで泥水《どろみず》の化け物のように見えた。――二メートルのやつは、それほど急いでいるように見えないのに、大きなストライドで、泥水《どろみず》をしたたらせながら、たちまちキャロルを追いつめそうになった。

「やめて!……こないで!」

とキャロルは息もたえだえに叫《さけ》んでいた。

「だめだ、キャロル!」と、キャロルの傍《そば》にかけよりながらエドはどなった。「逃《に》げたらやられるぞ。――たちむかうんだ!」

「どいてくれ、エド!」ぼくは車をひきまわしながらわめいた。「車をぶつけてやる!」

「だめだ。こいつには、そんな小型車はきかん……」とエドは手をふった。

エドは、半分這《は》うようにして逃《に》げてくるキャロルと、そいつの間にやっとわってはいった。エドとそいつの距離《きょり》は二メートルもなかった。――一歩ふみ出し、でかいそいつが腕《うで》をふれば、エドの首は簡単《かんたん》にへし折られてしまうだろう。

「さあ、こい!」エドは、またもや無謀《むぼう》にもカラテのかまえをしてどなった。「かかってこい! 化け物!」

ライトの中で、それはまさに竜車《りゅうしゃ》に向う蟷螂《とうろう》の斧《おの》を絵に描《か》いたような光景だった。

だが――次の瞬間《しゅんかん》、また、昨夜と同じことが起ったのだ。瘠《や》せこけた、小柄《こがら》なエドの挑戦《ちょうせん》に対して、あの「狂《くる》った機械」が、たじろぎ、あとずさりしたのだ。一つかみで、頸《くび》の骨《ほね》をへし折ったあの強力な機械の腕手《わんしゅ》を宙《ちゅう》にうかせたまま……。

「ほらほら……」エドはじりじりと相手にせまりながら歯をむき出した。「どうした？かかってこい！——おれを殴れ！」

おそろしいうめきが、そいつののどもとからもれた。——一層《いっそう》重くたれこめた雲から、稲妻《いなずま》がはためくと、そいつは両手でがっと頭をおさえた。まるではげしい偏頭痛《へんずつう》の発作《ほっさ》におそわれたみたいに……

「さあ、やれ！」エドは声をはげましてどなった。「おれを殺せ！」

その瞬間《しゅんかん》、雲をぬって樹枝状《じゅしじょう》の電光が走った。パリパリグヮラグヮラという雷鳴《らいめい》が、雲の上をかけめぐった。——そのとたん、おどろくべき事がおこった。そいつは、身をもむようにして、

「ヴォミーサ！」

とわめくと、頭にかけた両手に力をこめて、自分の頭を胴体《どうたい》からもぎとり、地面へ

なげつけたのだ。——首のもげたあとから、パチパチといくつものスパークがふき出した。だが、それで終りではなかった。首なしの体で、そいつは自分の胴体《どうたい》をどかんどかんたたきはじめた。右手で左手をつかんでぬきとり、片方《かたほう》の足でもう一方の足を蹴《け》り折《お》った。地面にくずれおれても、そいつは、のこった一本の腕《うで》で、自分の胴中《どうなか》をたたきつけるのをやめなかった。レインコートなど、とうのむかしにずたずたになって消えうせてしまい、ついに特殊合金製《とくしゅごうきんせい》の胴《どう》が破《やぶ》れると、そいつはぼろぼろの骨《ほね》だけになった右腕《みぎうで》をぐいとその破《やぶ》れ目《め》につっこんで、からまりあったコードやパイプをつかみ出した。

「伏《ふ》せろ！」とエドが叫《さけ》んだ。「爆発《ばくはつ》するぞ……」

＊

「第《だい》二条第《じょうだい》B項《こう》……ただし、〝裏倫理〟のね……」とエドはいった。「それが、回路として作動していない、という事に賭《か》けたんだ。――ずいぶんむちゃな賭《か》けだったがね」

「前の晩《ばん》の経験《けいけん》からだね」とぼくはいった。「だが、あの時は、ただ無鉄砲《むてっぽう》からむかって行ったんだろう?」

「そりゃそうさ。もしロボットとわかってたら、いくらかっとしたって、あんな無茶《むちゃ》はできやしない。――だけど、あれをやっておいたおかげで、やつの裏《うら》がえされた〝倫理回路《りんりかいろ》〟の〝二条《じょう》B項《こう》〟が、作動していないいんじゃないか、と直感的に思ったんだ。――それに、エリックの事もあったしね。彼《かれ》の場合は、第《だい》一条《じょう》Bつまり、第《だい》一条《じょう》の、条件回路《じょうけんかいろ》だけが、歪《ゆが》みをうけていたから、基本原則回路《きほんげんそくかいろ》と条件回路《じょうけんかいろ》との間にはそういう事も起り得るんだな、と、漠然《ばくぜん》と理解《りかい》していたんだな。だから……」

「いったいどういう事なのよ……」マックスから、気付けの飲物をもらって、やっと人心地《ひとごこち》がついたらしいキャロルが、物倦《ものう》そうに、口をはさんだ。「どうして、あいつは、あなたにはおそいかからなかったの? どうして自爆《じばく》しちまったの? わかるように説明してちょうだいよ」

「うん、まあね……」とエドはうなずいた。「どこから説明していいかわからないが――とにかく、イシが工場に問いあわせて、〝倫理回路《りんりかいろ》〟――つまり〝三原則回路《さんげんそくかいろ》〟というものが、狂う可能性《かのうせい》がある、という事がわかった時に、ある事が閃《ひらめ》いたんだ。まず、われわれが、ロボットは殺人を絶対におかさない、という固定観念で、事件《じけん》を見ていたが、一番重要な〝倫理回路《りんりかいろ》〟が狂《くる》う可能性《かのうせい》があるとすれば、――〝殺人ロボット〟というものが出現《しゅつげん》する可能性《かのうせい》がある。しかも、基本原則《きほんげんそく》のうちでももっとも重大な、第《だい》一条《じょう》A――〝ロボットは人間に危害《きがい》を与《あた》えてはならない〟という項目《こうもく》が狂《くる》っているようだったら……〝三原則回路《さんげんそくかいろ》〟がことごとく、狂《くる》っている可能性《かのうせい》もある、と思った」

「だが、エリックは、部分的に狂《くる》ったんだぜ……」

「まあ待ちたまえ。――ぼくは、ある事から、やつの〝倫理回路《りんりかいろ》〟が落雷《らくらい》の影響《えいきょう》で完全に裏がえしになってしまったんじゃないか、と突然《とつぜん》思いついた。そうすると、やつのとった残酷《ざんこく》で奇妙《きみょう》な行動が――やつを、狂《くる》ったロボットとして、だよ――理解《りかい》できるような気がした」

「〝倫理三原則《りんりさんげんそく》〟が狂《くる》った……というのは、どう狂《くる》ったのよ？」とキャロルがきいた。

「〝ロボットは人間に危害《きがい》を加えてもかまわない〟ってわけ？」

「いや、そうじゃない。あの三原則《さんげんそく》を、裏がえすんだ。するとこうなる……」

エドは紙ナプキンをとってひろげると、ボールペンで、ぐいぐい書きつけて行った。

――彼《かれ》のにぎったペンの下から、戦慄《せんりつ》すべき〝三原則《さんげんそく》〟がうかび上って来た……。

一　A、ロボットは人間に危害《きがい》を加えなくてはならない。

　　B、また危険《きけん》をつくり出す事によって危害《きがい》を及《およ》ぼすべきである。

二　A、ロボットは、人間の命令に服従してはならない。

　　B、ただし、命令が第《だい》一条《じょう》に反しない場合はこの限《かぎ》りではない。

三　ロボットは、一、二条《じょう》に反する惧《おそ》れのある場合は、自分を破壊しなければならない。

「狂《くる》ってる！」ぼくはぞっとしてつぶやいた。「正気《しょうき》の沙汰《さた》じゃない！」

「そう、狂気の沙汰さ。——あの見事な〝三原則《さんげんそく》〟を、ひっくりかえすと、こんなに恐《おそ》ろしい、〝狂《くる》った殺人機械〟の行動指針《こうどうししん》があらわれるんだ……」

「じゃ、あいつは……」キャロルも息をのんだ。「人間に危害を加えるために、つくられた機械になったのね」

「何も、そんなにおどろく事はないぜ。兵器をはじめ、人間に危害《きがい》を与《あた》え、殺すための機械なんて、かつてごまんとつくられたんだからね……」エドは皮肉っぽく言った。

——ちょっとした所で、気障《きざ》っぽく哲学者《てつがくしゃ》ぶって見せる所が、エドの悪いくせだった。

「ただ、やつは、そいつを自律的行動規制《じりつてきこうどうきせい》の原則《げんそく》として、ビルト・インされていただけさ……」

それにしても、おそるべきやつだった。——これは、あとでわかった事だが、やつは、ちょうど落雷事故《らくらいじこ》の時、〝倫理回路《りんりかいろ》〟の最終調整ラインにのっていた。森林レインジャーに、タフな仕事に堪《た》えるようにつくられたロボットだった。そして、全操《ぜんそう》業《ぎょう》システムのチェックの時、係がまちがえて、そいつの動力源《どうりょくげん》スイッチをオンにしたまま、倉庫へしまいこんでしまった。——金土日とつづく三日の週休のため、人間の責任者《せきにんしゃ》は、宿直《しゅくちょく》をのこして休んでしまい、その間に〝狂《くる》ったロボット〟は独《ひと》りでに倉庫をぬけ出した。彼《かれ》は「内面の声」にしたがって、一直線に人間に危害《きがい》をあたえにやって来た……。彼《かれ》の存在理由《レゾン・デートル》は「人間に危害《きがい》をくわえること」だったのだ！

「おどろいたわね」と、エドの書いた三項目《こうもく》をつくづく見ながら、キャロルは嘆息《たんそく》した。「それであなたは……私《わたし》に〝やめて〟とか〝こないで〟と言わないで、たちむかえといったのね。つまり、この第《だい》二条《じょう》Aを逆手《さかて》にとった……」

「そう——だが、その時、さっき言ったように第《だい》二条《じょう》Bが、作動していないだろうという推測《すいそく》が、一つの賭《か》けだったのさ。でなきゃ、たとえ、やつが、〝人間の言われた事に服従《ふくじゅう》してはならない〟という規制《きせい》をうけていても、〝ただし、人間にとって危害となる場合はこのかぎりでない〟という条件回路《じょうけんかいろ》が発動されて、〝殺せ！〟というぼくの命令に従《したが》って、殺しにかかったかも知れないからね。――でも、大丈夫《だいじょうぶ》だろう、と言う事は、あの前の晩《ばん》、やつがぼくをおそえなかった事から、大体見当はついたけどね……」

「そして、第《だい》一条《じょう》と第《だい》二条《じょう》の間の矛盾《むじゅん》にはさまれ――ついに第《だい》三条《じょう》を発動して自爆《じばく》しちまったわけね」キャロルはほっと溜息《ためいき》をついた。「でも、いったい、いつ、どうして、あいつの〝倫理回路《りんりかいろ》〟が裏《うら》がえっているんじゃないかって見当がついたの?」

「あの〝ヴォミーサ〟って言葉の意味がわかった時さ」エドはにやりと笑った。「そしてそれがわかったきっかけは……君たちが、ファット警部《けいぶ》につけた妙《みょう》な綽名《あだな》――メグ、グレのひっくりかえしの名前を思い出させてくれた時さ……」

エドはジャンパーのポケットから、くしゃくしゃになった紙ナプキンをとり出した。

――〝ベビイ〟にはいって来た時、さんざん落書きをしていたやつだ。

「ほら、これをごらん……」とエドは、

Vomisa《ヴォミーサ》

と書いた文字を指さした。

「こいつを逆《ぎゃく》に読んでみたまえ……」

ぼくたちは、あっ、と声をあげた。それを逆《ぎゃく》から読むと、

　Asimov《アシモフ》

と言う言葉になったからだった。

「ロボットの〝倫理回路《りんりかいろ》〟――つまり行動規制三原則回路《こうどうきせいさんげんそくかいろ》が、一名〝アシモフ回路〟ってよばれている事は知ってるだろう?――まだロボットがこんなに使われていない半世紀以上前に、ロボットSFをたくさん書いたI・アシモフってSF作家がいて、彼《かれ》がこの三原則《さんげんそく》の基礎《きそ》を考え出したんだ。その後、ロボット工学が発達して、いろんなものがつけくわわったが、この原則《げんそく》はほとんど変っていない。今の世間は、ほとんどこの名を忘《わす》れちまっているけど、古いロボット工学者なんか、まだこの名で呼《よ》んでいるよ。三十年ほど前にこの三原則《さんげんそく》の創始者《そうししゃ》を記念して、この名を正式の呼称《こしょう》としようと言う提案《ていあん》も学会にあったし、その時は、〝レーザー〟みたいに、何かややこしく、

長ったらしい言葉の略号《りゃくごう》になったはずだ。忘《わす》れちまったけど……。――ぼくは学生時代、必須課程《ひっすかてい》でいやいやロボット工場へ実習に行かされて、その時知ったんだけど、その時、ロボットの全システムに、緊急反応体制《きんきゅうはんのうたいせい》をとらせる時のシグナルに、この〝ASIMOV〟ってコードがつかわれているのを知って、とても面白《おもしろ》かったのをおぼえている。――ロボットの電子脳《ブレイン》や、サブ電子脳《ブレイン》が、時空分割方式《じくうぶんかつほうしき》で、多元的行動《たげんてきこうどう》処理《しょり》をやっている時、何か突発事態《とっぱつじたい》が起って、緊急《きんきゅう》にそれに対して行動体制《こうどうたいせい》をとらなければならない時、電子脳《ブレイン》の各パートが、分担《ぶんたん》してやっているこまごまとした仕事から、一時的に解放《かいほう》されて、全システムが、いっせいに当面の緊急事態《きんきゅうじたい》に対する解析《かいせき》判断体制《はんだんたいせい》をとる――その緊急《きんきゅう》コードが、〝ASIMOV〟さ。――そうだね？　マックス……」

「その通りです……」とマックスは棚《たな》からグラスをとりながらうなずいた。「〝アシモフ〟って名は――私《わたし》たちロボットにとっては、まあ、あなたたちの中のクリスチャンにとって、モーゼやキリストの御名《みな》みたいなものです。ちょうど、あなたたちが――

私《わたし》は人間の宗教《しゅうきょう》についてはよく知りませんが——何かの時に、キリストの御名《みな》や、神の御名《みな》、アラーの御名《みな》を叫《さけ》ぶみたいに……私《わたし》たちの回路の中にも、そのコードが、何かと言えばなりひびきます。それは、システム、サブシステムがそれまで分担処理《ぶんたんしょり》している問題からの、一時的緊急解除《きんきゅうかいじょ》のシグナルであると同時に、行動基本原則回路《こうどうきほんげんそくかいろ》の第一次励起《だいじれいき》シグナルでもあるわけです。——ルーティン以外の新事態《しんじたい》に対処《たいしょ》するためには、まずまっさきにあらゆる事態《じたい》に対する行動基本原則《こうどうきほんげんそく》が、システム全体の判断《はんだん》条件《じょうけん》としてよび出されなければなりませんから……」

「つまり、君たちにとっては、カントの定方命令みたいなものだな……」とぼくは嘆《たん》息《そく》した。「で、あの狂《くる》ったロボットは——発声機構未調整《はっせいきこうみちょうせい》のままだったから、何かと言えば、アシモフ——いや、そのひっくりかえしの〝ヴォミーサ〟って、声に出してさけんだ……」

「エド——こっちへいらっしゃいな……」キャロルが、うっとりとした眼《め》つきで手をのべた。「あなたって、ほんとにすばらしい人……あなたのすばらしい推理《すいり》のおかげで、私《わたし》の命が救われたんですもの——。お礼のキスさせて……」

「推理《すいり》だけでなく、カラテ修行《しゅぎょう》によってつちかわれたぼくの敢闘精神《かんとうせいしん》にも、感謝《かんしゃ》してほしいね」キャロルにベタベタにキスされて照れながら、エドは言った。「カラテをならってなかったら、最初だって、二度目だって、とにかくあいつに立ちむかう勇気なんて湧《わ》いてこなかったろう、と思うよ。ぼくまでおびえて逃《に》げていたら、到底《とうてい》君の命はすくえなかったろう。だからやっぱりカラテのレッスンは……」

ピシャッ！——とエドの頬《ほお》がえらい音で鳴った。

「何すんだよ！」

キャロルにひっぱたかれた頬《ほお》をおさえて、エドは口をとがらせた。

「まあ、あなたって人は！——あれほどやさしく言ってきかせてあげたのに、まだわからないの！」ストゥールから立ち上ったキャロルは、腰《こし》に手をあて眼《め》をつり上げて、じりじりとエドにせまった。「カラテの敢闘精神《かんとうせいしん》ですって？　何さ！　恩《おん》になんか着せないで！　——もしあいつが、あんなに都合よく狂《くる》っていてくれなかったら、あん

たはいったいどうなってると思うの？　もし、第二条《だいじょう》Ｂ項《こう》が生きていたら、今どき
あなたなんかずたずたにされていて、私《わたし》はこの若《わか》さで、黒いヴェールをかぶった、美
しい未亡人《みぼうじん》になって、泣きくずれているのよ。あんた私《わたし》がそんな事になってもいいの？
もし、相手が、ロボットじゃなくて、ほんものの人間のプロレスラーだったら、私《わたし》は
一生あなたの車椅子《くるまいす》を押《お》してくらさなきゃならないのよ！——そんな事がまだわから
ないの？　やさしく言ってわからないんだったら、今度こそ、骨身《ほねみ》に沁むようにわか
らせてあげるわ！」
「イシ！——助けてくれ！　キャロルをとめてくれ！」とエドはわめいた。
「だめだよ。——あのデカ物《ぶつ》をやっつけた君がかなわない相手を、とめる自信はない
よ。第一ぼくはカラテを習ってないしね……」ぼくは自動販売器《じどうはんばいき》からとり出したピー
ナッツを口にほうりこみながら、背後《はいご》のバリバリガリガリいう音に背《せ》をむけた。「ほら、
パトカーのサイレンがちかづいてくるよ。——ファット警部《けいぶ》が到着《とうちゃく》したら、警察《けいさつ》に保《ほ》
護《ご》をたのんでみるんだな」

「助けてくれ！　マックス！——やめろ、キャロル……」

ちらと背後《はいご》を見ると、キャロルはさっき縦《たて》にみみず脹《ば》れをこしらえたエドの頰《ほお》を、今度は横にひっかいていた。——明日の朝、エドの顔には餅網型《もちあみがた》のひっかき傷《きず》ができているだろう。せっかく五分の四ほどのこっていたひげも、三分の一ぐらいになっているかも知れない。

「マックス助けて！　どうして助けてくれないんだ？　お前も狂《くる》ったか！　第一条《だいじょう》B項違反《こういはん》だぞ！」エドは泣きながらわめいた。「〝ロボットは、人間にとっての危険《きけん》を看過《かんか》する事によって、危害《きがい》を及《およ》ぼしてはならない〟……はずじゃないか！——〝ヴォミーサ！〟……じゃなかった。〝アシモフ！〟アシモフ！……」

「残念ですが——ロボット工学の基礎《きそ》には大変おくわしいようですが、最近の発展《はってん》ぶりには、あまり通じておられないようで……」マックスは、ぼくにちょっとウインクして、キュッキュッと音をたててグラスをみがきつづけた。「私《わたし》どもの年式から、〝基《き》本倫理回路《ほんりんりかいろ》〟に、〝夫婦喧嘩非介入回路《ふうふげんかひかいにゅうかいろ》〟という、補正条件回路《ほせいじょうけんかいろ》がつくようになりましてね。生命に別条《べつじょう》のない、と判断《はんだん》されるかぎりは、ロボットは夫婦喧嘩《ふうふげんか》に介入《かいにゅう》してはならない事になっております。一名〝夫婦喧嘩《ふうふげんか》はロボットも食わない〟回路と申しまして……」

編者解説《へんじゃかいせつ》

日下三蔵《くさかさんぞう》

若者《わかもの》向けに日本SFの名作短篇《たんぺん》をご紹介《しょうかい》していくこのアンソロジー（テーマ別の短篇《たんぺん》集《しゅう》）「SFショートストーリー傑作《けっさく》セレクション」、第2巻《かん》のテーマは「ロボット」です。

皆《みな》さん、ロボットと聞いて何を思い出しますか？ ガンダムみたいな巨大《きょだい》なタイプか、ドラえもんのような楽しい友達か、リアルの世界だとペッパーくんのようなロボットを配置しているお店がありますね。犬型のペット用ロボット「AIBO《アイボ》」が流行《はや》ったこともありました。

ロボットという言葉を辞書で引いてみると、「人間に代わって自動的に作業を行う機械、装置《そうち》」とあります。必ずしも人間型である必要はなく、例えばルンバはお掃除《そうじ》用ロボットです。工場で働く産業用ロボット、戦闘《せんとう》に使われる軍事用ロボットなどもあります。人間型のロボットは、特に「アンドロイド」と呼《よ》ばれて区別されています。

自動機械《オートマタ》やからくり人形は古くから作られていて、フランスの作家ヴィリエ・ド・リラダン（Auguste de Villiers de L'Isle-Adam　1838〜1889）の『未来のイヴ』（一八八六年）のように、人造《じんぞう》人間の登場するSF小説もありましたが、「ロボット」という言葉が生まれたのは、一九二〇（大正九）年のことでした。

チェコの作家カレル・チャペック（Karel Čapek　1890〜1938）がこの年に発表した戯《ぎ》曲《きょく》「R.U.R.（ロボット）」で、初めてこの言葉が使われました。今からおよそ百年前ということになりますね。

一九二七年に公開されたSF映画《えいが》の古典「メトロポリス」にも、美少女アンドロイドが登場しています。日本では戦前の探偵《たんてい》作家・海野十三《うんのじゅうざ》が「人造人間事件《じんぞうにんげんじけん》」（一九三六年）、「人造人間《じんぞうにんげん》エフ氏」（一九三九年）などのロボットものを書いています。

しかし、なんと言ってもロボットの歴史において、もっとも重要な役《やく》割《わり》を果たしたのは、アメリカのSF作家アイザック・アシモフ（Isaac Asimov　1920〜1992）でしょう。本業は生化学者ですが、SF、ミステリ、科学解説書《かいせつしょ》を書きまくり、その著作《ちょさく》は五百冊《さつ》を超《こ》えると言われています。

アシモフが作家活動の初期に好んで発表したロボット・テーマの短篇《たんぺん》は、作品集『われはロボット』(一九五〇年)にまとめられましたが、彼《かれ》はここで「ロボット工学の三原則《さんげんそく》」を提唱《ていしょう》しています。それは次のようなものでした。

第一条《じょう》 ロボットは人間に危害《きがい》を加えてはならない。また、その危険《きけん》を看過《かんか》することによって、人間に危害《きがい》を及《およ》ぼしてはならない。

第二条《じょう》 ロボットは人間に与《あた》えられた命令に服従《ふくじゅう》しなければならない。ただし、与《あた》えられた命令が、第一条《じょう》に反する場合は、この限《かぎ》りではない。

第三条《じょう》 ロボットは、前掲《ぜんけい》第一条《じょう》および第二条《じょう》に反する惧《おそ》れのないかぎり、自己《じこ》をまもらなければならない。

ハヤカワ・SF・シリーズ『われはロボット』(昭和38年9月)より

第一条の「看過《かんか》」は、見過《みす》ごす、見逃《みのが》す、という意味です。そもそも「ロボット工学《ロボティクス》」という言葉自体が、アシモフによる造語《ぞうご》なのですが、この三原則《さんげんそく》は、それ以降《いこう》のロボットを扱《あつか》ったフィクションだけでなく、現実《げんじつ》のロボット開発にまで大きな影響《えいきょう》を与《あた》えました。

ミステリ作家でもあるアシモフは、SF長篇《ちょうへん》『鋼鉄都市《こうてつとし》』（一九五四年）において、三《さん》原則《げんそく》を守った上での「ロボットの犯《おか》した殺人事件《じけん》」という難問《なんもん》に挑戦《ちょうせん》しました。この作品では、人間の刑事《けいじ》イライジャ・ベイリとロボットの刑事《けいじ》R・ダニール・オリヴォーのコンビが探偵《たんてい》役を務《つと》めています。

現代《げんだい》マンガの基礎《きそ》を築《きず》いた手塚治虫《てづかおさむ》は、映画《えいが》「メトロポリス」や海野十三《うんのじゅうざ》の作品に影《えい》響《きょう》を受けており、一九四九年（昭和24年）には人造《じんぞう》人間ミッチィが登場するマンガ『メトロポリス』を発表しています。

手塚《てづか》が昭和27年から光文社の月刊誌《げっかんし》「少年」で連載《れんさい》を始めた「鉄腕《てつわん》アトム」は、人形《にんぎょう》劇《げき》、実写ドラマを経《へ》て、昭和38年にテレビアニメ化されました。この番組は平均視聴率《へいきんしちょうりつ》

30%を超《こ》える大人気となり、以後、テレビアニメが次々と作られるきっかけになりました。ちなみに、毎週一回、30分枠《わく》でのテレビアニメは、「鉄腕《てつわん》アトム」が第一号ということになります。

人間のように意思を持って活躍《かつやく》するアトムに対して、横山光輝《よこやまみつてる》の「鉄人28号」（昭和31～41年「少年」連載《れんさい》）に登場するのは、少年探偵《たんてい》の金田正太郎《かねだしょうたろう》がリモコン装置《そうち》で操縦《そうじゅう》する巨大《きょだい》ロボットでした。リモコンが悪人に奪《うば》われると敵《てき》になってしまう、という設定《せってい》であり、鉄人は意思のないロボットとして描《えが》かれています。この作品も「鉄腕《てつわん》アトム」と同年の昭和38年にテレビアニメ化されました。

SF作家の平井和正《ひらいかずまさ》が原作を書き、「月光仮面《げっこうかめん》」や「まぼろし探偵《たんてい》」の作画を担当《たんとう》していた人気マンガ家の桑田次郎《くわたじろう》とコンビで「週刊《しゅうかん》少年マガジン」に連載《れんさい》したのが「8マン《エイト》」（昭和38～40年）です。殉職《じゅんしょく》した刑事《けいじ》・東八郎《あずまはちろう》の人格《じんかく》がスーパーロボットの電子頭脳《ずのう》に移植《いしょく》されて甦《よみがえ》ったのが8マンで、警視庁《けいしちょう》の七つの捜査班《そうさはん》のどれにも属《ぞく》さない八番目の刑事《けいじ》として、様々な怪事件《かいじけん》を解決《かいけつ》します。8マンは普段《ふだん》は私立探偵《しりつたんてい》の東八郎《あずまはちろう》として生活していて、事件《じけん》が起こるとロボットの姿《すがた》に変身します。「8マン」は「エイトマン」のタイトルで、やはり昭和38年にテレビアニメ化されました。

人間と同じように考えて話す等身大のロボット（アトム）、人間が操縦《そうじゅう》する巨大《きょだい》ロボット（鉄人）、人間そっくりのスーパーロボット（8マン）と、フィクションに登場するロボットの基本《きほん》パターンが、この三作でだいたい出揃《でそろ》っているのが面白《おもしろ》いところです。

さらにコンピュータの発達により、高度な人工知能《ちのう》を備《そな》えたロボットが登場してきます。例えば、一九六八（昭和43）年にアメリカで公開されたSF映画《えいが》「2001年宇宙《うちゅう》の旅」では、宇宙船《うちゅうせん》ディスカバリー号に搭載《とうさい》されたコンピュータ「HAL9000」が重要な役割《やくわり》を果たしています。

永井豪《ながいごう》は「マジンガーZ」（昭和47〜48年「週刊《しゅうかん》少年ジャンプ」連載《れんさい》）で、人間が乗《の》り込《こ》んで操縦《そうじゅう》する巨大《きょだい》ロボット、という斬新《ざんしん》なアイデアを示《しめ》し、ロボットものに革命《かくめい》を起こしました。さらに「キューティーハニー」（昭和48〜49年「週刊《しゅうかん》少年チャンピオン」連載《れんさい》）では変身能力《のうりょく》を持った美少女ロボット、石川賢《いしかわけん》と共作した「ゲッターロボ」（昭和49〜50

年「週刊《しゅうかん》少年サンデー」連載《れんさい》）では巨大《きょだい》ロボットが合体変形する、という新基軸《しんきじく》を次々と打ち出します。いずれもテレビアニメとの連動企画《きかく》であり、どの作品も何度もリメイクされるヒットになっています。

「マジンガーZ」は超合金《ちょうごうきん》などの玩具《おもちゃ》も売れ、おもちゃメーカーとのタイアップで数多くのロボットアニメが製作《せいさく》されました。当初は主人公側のロボットが怪獣《かいじゅう》や宇宙人《うちゅうじん》と戦う作品が主流でしたが、やがて「機動戦士ガンダム」（昭和54〜55年）のように人間同士の戦争のための兵器としてロボットを描《えが》く作品も出てきます。

永井豪《ながいごう》の師匠《ししょう》に当たる石森章太郎《いしもりしょうたろう》（後に石ノ森章太郎《いしのもりしょうたろう》）にも、「サイボーグ009」（昭和39年〜「週刊《しゅうかん》少年キング」他に連載《れんさい》）や「仮面《かめん》ライダー」（昭和46年「週刊《しゅうかん》ぼくらマガジン」「週刊《しゅうかん》少年マガジン」連載《れんさい》）という大ヒット作品がありますが、これらは人間の体を機械に置《お》き換《か》えた改造人間《サイボーグ》を主人公にしているので、ロボットものには含《ふく》めないことにします。

ロボットを扱《あつか》った石森《いしもり》作品には、不完全な良心回路をセットされてしまったために善《ぜん》の心と悪の心の間で苦しむロボット・ジローが悪の組織《そしき》ダークと戦う「人造人間《じんぞう》キカイダー」（昭和47〜49年「週刊《しゅうかん》少年サンデー」連載《れんさい》）、ロボットの刑事《けいじ》Kが犯罪組織《はんざいそしき》バドーの起こした事件《じけん》を捜査《そうさ》する「ロボット刑事《けいじ》」（昭和47〜48年「週刊《しゅうかん》少年マガジン」連載《れんさい》）などがあります。また、落ちこぼれのロボットが巻《ま》き起《お》こす騒動《そうどう》を描《えが》いたコメディ「がんばれ!!ロボコン」（昭和49〜50年「週刊《しゅうかん》少年サンデー」連載《れんさい》）のような作品もあり、いずれも特撮《とくさつ》ドラマとして放映《ほうえい》されて人気を博《はく》しました。

子供《こども》の日常《にちじょう》の中でロボットが活躍《かつやく》する作品といえば、藤子《ふじこ》・F・不二雄《ふじお》の「ドラえもん」（昭和45年〜「小学一年生」他に連載《れんさい》）が最大のヒット作でしょう。ロボットを研究している科学者の中には、鉄腕《てつわん》アトムやドラえもんに憧《あこが》れて、本当に作ってみたいと考えている人もいるほどです。

近年では人工知能《ちのう》（ＡＩ）の研究が急速に進んだことで、いままでＳＦの世界のことと思われていたようなロボットも現《あらわ》れてきました。チェスや囲碁《いご》では人間とコンピュータの対戦が当たり前になっているし、質問《しつもん》すると音声で答えを教えてくれるサービスも、ＡＩ

を利用したものです。このまま研究がどんどん進むと、人間と見分けのつかない精巧《せいこう》なロボットが作られることになるでしょう。

本当に見分けがつかなくなったとしたら、人間とロボットの間に違《ちが》いはあるのでしょうか？　心があるか、ないかでしょうか？　では、心とは何でしょうか？

このように、ロボットについての考えを推《お》し進《すす》めていくと、いつの間にかロボットを通じて「人間とは何か」を考えることになっていくのに気づくでしょう。つまり、ロボットは人間の本質《ほんしつ》を映《うつ》す鏡のようなものであり、ロボットSFの面白《おもしろ》さ、奥深《おくぶか》さがそこにあると言えるのです。

SF作家たちがロボットという素材《そざい》を用いて、どんなドラマを生み出してきたのか、そんなところにも注目しながら、本書に収《おさ》めた五つのお話を楽しんでいただきたいと思います。

星新一《ほししんいち》**「花とひみつ」**は昭和39年9月に私家版《しかばん》（自費出版《じひしゅっぱん》）の絵本として刊行《かんこう》されま

した。絵は星新一《ほししんいち》の本の表紙をたくさん描《えが》いているイラストレーターの和田誠《わだまこと》で、絵本を作りたいからお話を書いて欲《ほ》しい、という和田《わだ》さんの依頼《いらい》に応《こた》えて書かれたものです。

この作品では、女の子の描《えが》いた絵が風に飛ばされたことから、完全に自動で働くロボットのモグラが作られることになります。偶然《ぐうぜん》に偶然《ぐうぜん》が重なっていく流れるようなストーリー展開《てんかい》から、意外な、それでいて夢《ゆめ》のあるオチに至《いた》るまで、いっさい無駄《むだ》な部分がありません。

短篇《たんぺん》小説のお手本のような作品で、小学校の国語の教科書に載《の》ったり、学習教材として使われたりしてきました。だから、この作品が星新一《ほししんいち》とのファースト・コンタクトだったという人は多いはずです。実は、ぼくもそうでした。中学生になって星《ほし》さんのショートショート集を夢中《むちゅう》で読んでいるうちに、この作品に再会《さいかい》してアッと思いました。

大人も子供《こども》も楽しめる「現代《げんだい》の童話」と言っていいでしょう。

筒井康隆《つついやすたか》「お紺昇天《こんしょうてん》」は早川書房《はやかわしょぼう》の月刊誌《げっかんし》「SFマガジン」の昭和39年12月号に発表されました。

人工頭脳《ずのう》を搭載《とうさい》した愛車との別れを描《えが》いたこの作品は、筒井《つつい》SF初期の傑作《けっさく》のひとつです。ロボット・カーのお紺《こん》には知性《ちせい》があり、人格《じんかく》もあります。けれど契約《けいやく》の関係で、どうしてもスクラップにしなければならないのです。この話を読めば誰《だれ》だって、所詮《しょせん》は機械なんだから新品に取《と》り替《か》えればいいじゃないか、とは言えなくなるに違《ちが》いありません。

現代《げんだい》社会でも人工知能《ちのう》の研究が進んで、ロボットが人格《じんかく》を持つようになる可能性《かのうせい》もあります。その時が来たら、ロボットにも人権《じんけん》が認《みと》められるのでしょうか？　ロボットを差別したり、ロボットを殺害（！）することは許《ゆる》されるのでしょうか？

「お紺昇天《こんしょうてん》」は、まさに現代《げんだい》のわれわれが直面している問題を、五十年以上も前に先取りしているのです。SF作家の想像力《そうぞうりょく》には、本当に驚《おどろ》かされます。

矢野徹《やのてつ》「幽霊《ゆうれい》ロボット」は光文社の児童向け月刊誌《げっかんし》「少年」昭和39年5月号に坂田治《さかたおさむ》

名義《めいぎ》で発表されました。坂田治《さかたおさむ》は「ファンタジー」に漢字を当てはめたペンネームとのことです。

本シリーズの第1巻《かん》「時間篇《じかんへん》」の解説《かいせつ》で、同人誌《どうじんし》「宇宙塵《うちゅうじん》」が創刊《そうかん》され、星新一《ほししんいち》がデビューした昭和32年を「日本SF誕生《たんじょう》の年」としましたが、もちろんそれ以前にSFを書いている人がいなかった訳《わけ》ではありません。矢野徹《やのてつ》は、その数少ない一人で、昭和28年にアメリカで開かれた世界SF大会に招《まね》かれて出席していたり、探偵小説専門誌《たんていしょうせつせんもんし》「宝石《ほうせき》」昭和30年2月号の特集「世界科学小説集」に海外SFの紹介《しょうかい》記事「新しい英米の科学小説」を寄稿《きこう》したりしていますから、星新一《ほししんいち》のさらに先輩格《せんぱいかく》の作家ということになります。

矢野徹《やのてつ》は数多くの名作SFを翻訳《ほんやく》していますが、翻訳家《ほんやくか》としての業績《ぎょうせき》が大き過《す》ぎるために、小説作品が目立たないのは残念です。光文社の「少年」は手塚治虫《てづかおさむ》「鉄腕《てつわん》アトム」と横山光輝《よこやまみつてる》「鉄人28号」の掲載誌《けいさいし》ですが、他にも江戸川乱歩《えどがわらんぽ》の「少年探偵団《しょうねんたんていだん》」シリーズが連《れん》載《さい》されていた人気雑誌《ざっし》でした。矢野さんは第一世代作家の中では誰《だれ》よりも多く、五十篇《ぺん》以上の作品を「少年」に発表しています。

少年とロボットの交流を描《えが》いた「幽霊《ゆうれい》ロボット」にも、さりげなく「ロボット工学の三《さん》原則《げんそく》」を踏《ふ》まえた台詞《せりふ》が出てくるのに気づいたでしょうか？

矢野徹《やのてつ》のロボットSFには、他に童話として刊行《かんこう》された『孤島《ことう》ひとりぼっち』がありま す。無人島に流されて独《ひと》りぼっちになってしまった少年が、ロボットを組み立てて友達にするというストーリーで、こちらの結末も感動的です。『孤島《ことう》ひとりぼっち』は大幅《おおはば》に加筆されて『ロボット』というタイトルで長篇化《ちょうへんか》もされています。

平井和正《ひらいかずまさ》「ロボットは泣かない」 はSF同人誌《どうじんし》「宇宙塵《うちゅうじん》」の55号（昭和37年5月）に「マイ・ロボット」のタイトルで発表され、同年の「SFマガジン」8月号に「ロボットは泣かない」として転載《てんさい》されました。

高性能《こうせいのう》の特Aクラスのロボットを買ったばかりに、家族から孤立《こりつ》していく男リュウの物語です。アンドロイドのアンはリュウの友人エドから、お前のせいでリュウの妻《つま》のケイは苦しんでいる、と罵倒《ばとう》され、機能《きのう》を停止してしまいます。作中に出てくる「ロボット倫理《りんり》コード」は、おそらく「ロボット工学の三原則《さんげんそく》」を踏《ふ》まえたものなのでしょう。

この作品では、足の悪いアンをいじめて追い出そうとするリュウの子供《こども》たちの残酷《ざんこく》さも、容赦《ようしゃ》なく描《えが》かれます。相手がどこまでも人間に従順《じゅうじゅん》で理性的《りせいてき》なアンだけに、その対比《たいひ》は際《きわ》立《だ》っています。

平井和正《ひらいかずまさ》はデビュー作の「レオノーラ」や「アンドロイドお雪」といった作品でも、女《じょ》性型《せい》ロボットを描《えが》いていますが、美しく、やさしい彼女《かのじょ》たちは心を持っているようで、人間と変わりがありません。一方で本物の人間はというと、残虐《ざんぎゃく》で、暴力的《ぼうりょくてき》で、不完全な存在《そんざい》として描《えが》かれるのです。平井《ひらい》さんが初期の頃《ころ》から追求していた「人間の暴力性《ぼうりょくせい》」というテーマは、『死霊狩り《ゾンビー・ハンター》』や「ウルフガイ」シリーズへと受《う》け継《つ》がれていくことになります。

小松左京《こまつさきょう》「ヴォミーサ」は「SFマガジン」の昭和50年7月号に発表されました。

その夜、突然《とつぜん》店に乱入《らんにゅう》して客を絞《し》め殺《ころ》し、「ヴォミーサ」という謎《なぞ》の言葉を残して走り去った男の正体は？　「ヴォミーサ」とは、果たして何なのか？

事件《じけん》の謎《なぞ》を追うミステリ・タッチの作品ですが、専門誌《せんもんし》の「ＳＦマガジン」に発表されただけあって、その真相はＳＦファンでないと見抜《みぬ》けないようになっています。と言っても、このアンソロジーの１巻《かん》と２巻《かん》を読まれた方であれば、謎《なぞ》を解《と》くために必要な最低限《さいていげん》の知識《ちしき》は身についているはずですので、ご安心ください。

この作品は、ＳＦファンが年に一回集まって開くイベント「日本ＳＦ大会」で、参加者の投票によって選ばれる星雲賞を受賞しています。

小松さんのロボットものを集めた短篇集《たんぺんしゅう》としては『機械の花嫁《はなよめ》』（ケイブンシャ文庫）があります。

［著者《ちょしゃ》プロフィール］収録順《しゅうろくじゅん》

星《ほし》新《しん》一《いち》

一九二六（大正一五）年九月六日、東京生まれ。本名・親一《しんいち》。東京大学農学部卒。父の星《ほし》一《はじめ》は星製薬《ほしせいやく》の創業者《そうぎょうしゃ》、母方の祖父《そふ》は解剖学者《かいぼうがくしゃ》で人類学者の小金井良精《こがねいよしきよ》、祖母《そぼ》は森鷗外《もりおうがい》の妹・喜美子《きみこ》である。五一年、父の死を受けて星製薬《ほしせいやく》を継《つ》ぎ、債務《さいむ》の処理《しょり》に苦労する。五六年、その重圧《じゅうあつ》から逃避《とうひ》するために「空飛ぶ円盤《えんばん》研究会」に入会。五七年、同会を母体に形成された科学《かがく》創作《そうさく》クラブの同人誌《どうじんし》「宇宙塵《うちゅうじん》」に参加。同誌《どうし》二号に載《の》った「セキストラ」が探偵小説誌《たんていしょうせつし》「宝石《ほうせき》」十一月号に転載《てんさい》されデビュー。切れ味鋭《するど》いショートショートを次々に発表して、たちまちこの分野の第一人者となる。

六八年、『妄想銀行《もうそうぎんこう》』および過去《かこ》の業績《ぎょうせき》によって第二十一回日本推理作家協会賞を受賞。八三年には前人未到《ぜんじんみとう》のショートショート一〇〇一篇《へん》を達成した。ショートショート集『ボッコちゃん』『悪魔《あくま》のいる天国』『ノックの音が』『エヌ氏の遊園地』、SF長篇《ちょうへん》『夢魔《むま》の標的』『声の網《あみ》』、時代小説『殿《との》さまの日』、エッセイ集『きまぐれ博物誌《はくぶつし》』『できそこない博物館』など作品多数。九七（平成九）年、没《ぼっ》。翌年《よくねん》、その功績《こうせき》に対して第十九回日本SF大賞特別賞が贈《おく》られた。

筒《つ》井《い》康《やす》隆《たか》

一九三四（昭和九）年、大阪《おおさか》生まれ。父は動物学者の筒井嘉隆《ついよしたか》。同志社大学文学部卒。六〇年、家族でSF同人誌《どうじんし》「NULL《ヌル》」を発行。これが江戸川乱歩《えどがわらんぽ》の目に留《と》まり、短篇《たんぺん》「お助け」が探偵小説誌《たんていしょうせつし》「宝石《ほうせき》」に転載《てんさい》されてデビュー。「東海道戦争」「ベトナム観光公社」「アフリカの爆弾《ばくだん》」など、ブラックユーモアと風刺《ふうし》に満ちたドタバタものを得意とする一方、「お紺昇天《こんしょうてん》」「わが良《よ》き狼《ウルフ》」などロマンチックな短篇《たんぺん》も多い。長篇《ちょうへん》『馬の首風雲録』『霊長類《れいちょうるい》南へ』『脱走《だっそう》と追跡《ついせき》のサンバ』、連作『家族八景《かぞくはっけい》』、ジュブナイル『時をかける少女』などを次々と発表し、若《わか》者《もの》から圧倒的《あっとうてき》な支持《しじ》を受ける人気作家となる。

八一年、『虚人《きょじん》たち』で第九回泉鏡花《いずみきょうか》文学賞、八七年、『夢《ゆめ》の木坂分岐点《きざかぶんきてん》』で第二十三回谷崎潤一郎《たにざきじゅんいちろう》賞、八九年、『ヨッパ谷《だに》への降下《こうか》』で第十六回川端康成《かわばたやすなり》文学賞、九二年、『朝のガスパール』で第十二回日本SF大賞、九九年、『わたしのグランパ』で第五十一回読売文学賞を、それぞれ受賞。現在《げんざい》も第一線で活躍《かつやく》を続ける日本SF界の巨人《きょじん》。

矢《や》野《の》徹《てつ》

一九二三（大正一二）年、愛媛県《えひめけん》松山市生まれ。中央大学法学部卒。戦後、アメリカ兵の読《よ》み捨《す》てたペイパーバックを読んでSFファンとなる。五三（昭和二八）年、世界SF大会に出席するため単身渡米《とべい》し、江戸川乱歩《えどがわらんぽ》に「科学小説の鬼《おに》」と評《ひょう》された。帰国後、プロ作家による「おめがクラブ」、アマチュアによる「宇宙塵《うちゅうじん》」、ふたつのSF同人グループの両方に設立《せつりつ》当初から参加し、少年雑誌《ざっし》を中心に夥《おびただ》しい数の創作《そうさく》と翻訳《ほんやく》を発表した、日本にSFを根付《ねづ》かせた最大の功労者の一人である。

ロバート・A・ハインライン、マイクル・ムアコック、フランク・ハーバートなどのSF作品だけでなく、アリステア・マクリーン、デズモンド・バグリイらの冒険《ぼうけん》小説の翻訳《ほんやく》も数多く手がけており、訳書《やくしょ》は百数十冊《さつ》におよぶ。作家としても、国産冒険《ぼうけん》小説の先駆的《せんくてき》名作『カムイの剣《けん》』をはじめ、SF長篇《ちょうへん》『地球0年』『折紙《おりがみ》宇宙船《うちゅうせん》の伝説』、SF短篇集《たんぺんしゅう》『昇天《しょうてん》する箱舟《はこぶね》の伝説』、戦記小説『海鷲《うみわし》』など、著書《ちょしょ》多数。二〇〇四（平成十六）年、没《ぼつ》。同年、その功績《こうせき》に対して第二十五回日本SF大賞特別賞が贈《おく》られた。

平《ひら》井《い》和《かず》正《まさ》

一九三八（昭和十三）年、横須賀市《よこすかし》生まれ。中央大学法学部在学中の六一年、「SFマガジン」の第一回コンテストに投じた短篇《たんぺん》「殺人地帯」が奨励賞《しょうれいしょう》を受賞。翌年《よくねん》、SF同人誌《どうじんし》「宇《う》宙塵《ちゅうじん》」に発表した「レオノーラ」が「SFマガジン」に転載《てんさい》されてデビュー。

その後、SF短篇《たんぺん》を発表する一方、『8マン』『デスハンター』（画・桑田次郎《くわたじろう》）、『幻魔大戦《げんまたいせん》』（画・石森章太郎《いしもりしょうたろう》）、『スパイダーマン』（画・池上遼一《いけがみりょういち》）とマンガ原作者としてヒットを連発。『8マン』は『エイトマン』としてテレビアニメ化もされた。

SFハードボイルド『サイボーグ・ブルース』、人類と地球外生命体との死闘《しとう》を描《えが》く『死霊狩り《ゾンビー・ハンター》』、『狼男《おおかみおとこ》だよ』以降《いこう》の〈アダルト・ウルフガイ〉シリーズ、『狼の紋章《おおかみエンブレム》』以降《いこう》の〈ウルフガイ〉シリーズなどで後の世代のSF作家に多大な影響《えいきょう》を与《あた》えた。

七九年にスタートした小説版『幻魔大戦《げんまたいせん》』以《い》降《こう》は大河《たいが》シリーズを中心に活動、『真幻魔大戦《しんげんまたいせん》』『地球樹《ちきゅうじゅ》の女神《めがみ》』『ボヘミアンガラス・ストリート』など作品多数。二〇一五（平成二十七）年、没《ぼつ》。その業績《ぎょうせき》に対して第三十五回日本SF大賞功績賞が贈《おく》られた。

小松左京《こまつさきょう》

一九三一（昭和六）年、大阪市《おおさかし》生まれ。本名・実《みのる》。京都大学イタリア文学部卒。雑誌記者《ざっしきしゃ》を経《へ》て、ラジオ大阪《おおさか》のニュース漫才《まんざい》の台本を三年にわたって執筆《しっぴつ》する。六一年の「SFマガジン」第一回コンテストに投じた「地には平和を」が努力賞を受賞。翌年《よくねん》、「易仙逃里記《えきせんとうりき》」が同誌《どうし》に掲載《けいさい》されてデビュー。本格《ほんかく》SFからユーモラスな作品まで多彩《たさい》な作品を次々と発表し、日本SF界をリードする作家となる。

長篇《ちょうへん》『復活《ふっかつ》の日』『果《はて》しなき流れの果《はて》に』『継《つ》ぐのは誰《だれ》か？』、短篇集《たんぺんしゅう》『地には平和を』『神への長い道』『ゴルディアスの結び目』など傑作《けっさく》多数。七三年の『日本沈没《にっぽんちんぼつ》』では日本中に沈没《ちんぼつ》ブームを巻《ま》き起《お》こし、翌年《よくねん》、同作で第二十七回日本推理作家協会賞を受賞。八五年には『首都消失』で第六回日本SF大賞を受賞している。

七〇年の大阪万国博覧会《おおさかばんこくはくらんかい》や九〇年の国際花《こくさいはな》と緑《みどり》の博覧会《はくらんかい》のプロデュースなど、作家としての枠《わく》をはるかに越《こ》えた活動を続けた。二〇一一（平成二十三）年、没《ぼつ》。その業績《ぎょうせき》に対して第三十二回日本SF大賞特別功労賞が贈《おく》られた。

〔底本一覧〕

星新一「花とひみつ」――『きまぐれロボット』角川文庫

筒井康隆「お紺昇天」――『日本ＳＦ傑作選1　筒井康隆』ハヤカワ文庫

矢野徹「幽霊ロボット」――『孤島ひとりぼっち』角川文庫

平井和正「ロボットは泣かない」――『悪夢のかたち』角川文庫

小松左京「ヴォミーサ」――『70年代日本ＳＦベスト集成5：1975年度版』ちくま文庫

◉右記の各書を底本とし、適宜振り仮名を加えました。

◉作品の一部に、今日の人権意識に照らして不当・不適切と思われる表現・語句がふくまれていますが、発表当時の時代的背景と作品の文学的価値に鑑み、原文を尊重する立場からそのままにしました。

日下三蔵［くさか・さんぞう］

一九六八（昭和四十三）年、神奈川県生まれ。出版社勤務を経てミステリ・SF評論家、フリー編集者。著書に『日本SF全集・総解説』『ミステリ交差点』、編著に『天城一の密室犯罪学教程』（第五回本格ミステリ大賞評論・研究部門受賞）、〈怪奇探偵小説傑作選〉〈昭和ミステリ秘宝〉〈山田風太郎ミステリー傑作選〉〈都筑道夫少年小説コレクション〉〈中村雅楽探偵全集〉〈筒井康隆コレクション〉〈日本SF傑作選〉など多数。

旭ハジメ［あさひ・はじめ］

イラストレーター。東京都在住。書籍装画、挿絵などを中心に活動中。SFやミステリ分野の作品が多い。装画作品に『猫SF傑作選　猫は宇宙で丸くなる』（中村融編）、『深夜の博覧会』（辻真先著）装画、『第4の扉』（ポール・アルテ著）装画、「その先には何が!? じわじわ気になる(ほぼ)100字の小説」（北野勇作著）など多数。

●装丁・デザイン——小沼宏之
●編集担当——北浦学

SFショートストーリー傑作セレクション
ロボット篇——幽霊ロボット／ヴォミーサ

二〇一八年十二月　初版第一刷発行
二〇二〇年十一月　初版第二刷発行

編——日下三蔵
絵——旭ハジメ

発行者——小安宏幸
発行所——株式会社汐文社
〒102-0071
東京都千代田区富士見1-6-1
TEL　03-6862-5200
FAX　03-6862-5202
http://www.choubunsha.com

印刷——新星社西川印刷株式会社
製本——東京美術紙工協業組合

ISBN978-4-8113-2547-7